稻田写作
01

[少年心]

我爱这有笑有泪的生活

王詠 策划

彩虹图书馆计划 出品

稻田读书 主编

浙江大学出版社

图书在版编目（CIP）数据

我爱这有笑有泪的生活 / 稻田读书主编. —— 杭州：浙江大学出版社，2021.9
ISBN 978-7-308-21596-1

Ⅰ.①我… Ⅱ.①稻… Ⅲ.①杂文集—中国—当代 Ⅳ.①I267.1

中国版本图书馆CIP数据核字（2021）第142422号

我爱这有笑有泪的生活

稻田读书　主编

责任编辑	曲　静
责任校对	杨　茜
封面设计	熊猫布克
出版发行	浙江大学出版社
	（杭州市天目山路148号　邮政编码：310007）
	（网址：http://www.zjupress.com）
排　版	浙江时代出版服务有限公司
印　刷	杭州钱江彩色印务有限公司
开　本	880mm×1230mm　1/32
印　张	8.75
字　数	171千
版印次	2021年9月第1版　2021年9月第1次印刷
书　号	ISBN 978-7-308-21596-1
定　价	39.00元

版权所有　翻印必究　　印装差错　负责调换

浙江大学出版社市场运营中心联系方式：（0571）88925591；http://zjdxcbs.tmall.com

目 录
contents

第一辑　我们正在长大

我的成长经历 /02

暮朝 /06

家 /10

小城之景 /13

最好的礼物 /17

我的妈妈 /20

藏在橘子里的爱 /23

我的烦恼 /27

我和我的父亲 /31

一个我最感谢的人 /35

家乡 /38

少年两小记 /42

我的"顽童"老爸 /49

我的生活 /52

小城的四季 /55

静看榭里晴空，此心安处唯有家 /58

身边的事 /62

五大金刚 /65

身边的人 /68

我心爱的"吉祥" /71

等待 /73

1～200 /75

爱闯祸的爸爸 /78

不只是怀念 /80

一次"大胆"的尝试 /82

教室里的"不速之客" /84

大胃王——吴沁茗 /86

桂花树 /88

掏鸡窝 /90

妈妈的童年趣事 /93

老钱 /95

我和你 /97

印度乘法口诀 /100

可爱的小金鱼 /102

背影 /104

温柔的港湾 /106

四海为家 /109

柔软的地毯 /111

"鸟巢" /115

龙井峡漂流记 /118

我战胜了"碎片" /121

奇特的乒乓菊 /123

第二辑　我们依然少年

成向阳的散文 /128

简儿的散文 /142

周华诚的散文 /160

陆生作的散文 /179

第三辑　一路有书相伴

创业之初，我在图书馆读书 /198

我的阅读故事 /201

掉进阅读的"抽屉" /205

1995，在《飘》里飘 /210

遇见《小王子》 /216

不逝的《青春之歌》 /219

诗人的少年时 /223

内心的世界永远自带一个小小书房 /228

我的读书怪癖 /234

"抄稿"：提升我写作的捷径 /238

阅读带你自由穿梭不同的人生 /241

心中永远有一座图书馆 /243

麦田、父亲和终身学习 /248

活出生命的精彩 /254

"少年心"稻田写作大赛征稿启事 /260
征文办法 /261

第一辑

我们正在长大

孩子们眼中的生活

我的成长经历

画如依

世间万物都会成长，成长乃人生必经之路。在成长的道路上，载着喜悦，载着悲愤，载着忧伤，这一幕幕都深深地铭刻在成长的道路上。

小学的依赖

五岁时，哥哥上小学，每次回家都会给我带零食。虽然爸妈并没有给他很多零花钱，一个星期才几块钱，但他总会省一点给我买糖。我还记得那糖是一种硬糖，长得像五角星，味道有很多种，有苹果味的、草莓味的、西瓜味的等等。因此每到星期五，我都会站在家门口等哥哥，哥哥到家后，我都会兴奋地飞奔过去抱住他。到现在我都还记得哥哥买的糖很甜，很想再去尝一下，可惜尝不到了。

在哥哥小学快毕业的时候，因为父母给哥哥定了娃娃亲，他想逃避，就辍学出去打工。后来,爸爸妈妈每天都很忙,家里面还有弟弟妹妹需要照顾,我和我表妹是邻居,为此照顾弟弟妹妹成为我俩放学后必须做的事情。帮父母分担了压力,妈妈就奖励给了我们俩一人一套衣服。我开心极了,第一次体会到"劳有所获"的含义。我知道自己应该做一些简单的事情来帮父母分担家务。

从依赖哥哥到帮父母分担家务,成长就是从懵懵懂懂到开始懂事,能够去扛住一件又一件沉重的事。

初中的不顺

在小学毕业的时候,因为成绩不理想,我就去读了一个普通的初中。这个学校的环境不是很好,我还听说每个星期都有人打架。我抱着忐忑不安的心去报了名。开学那天分寝室,由于学校太小而人又很多,一间屋就有二十几个人住。我到寝室把床位占好了,就去教室搬东西,结果当我回到寝室的时候,我们班一位同学的家长竟然把我的东西都扔到了地上。见到此景,我很生气地说:"这是我的床,你怎么能这样?"而这位家长居然回答:"你都还没铺床,凭什么这床就是你的?"然后我们就吵起来了。当然我只是一个小孩,哪儿吵得过大人,那一瞬间我感到非常无助和委屈。即使忿忿不平,我也没办法,只能把床位让给她,无奈地看着她们铺床。还好同学们都是有心的,有两位女生说,你要是不嫌弃就跟我们挤挤吧!反正过几天就搬到新寝室去了。那时候哪还谈什么嫌弃,再不找床晚上就只能打地铺了,所以我就答应了。晚上,我在床上躺着,双手放在脑后,一只脚搭在另一只脚上。忽然,脑海中出现了路遥说过的名言:命运总是不如人愿,但往往是在无数的痛苦中,在重重的矛盾和艰辛中,才使人成熟起来。是啊,人都是要经历重重困难才逐渐成长起来。

那天我的表现非常冷漠,那两位女生还以为我是那种不喜欢说话、很高冷的人,一开始还不敢跟我说话。直到现在,她们还不敢相信那天晚上冷漠的我和现在废话连篇、性格开朗的我是同一个人。其实那天晚上我只是对一个陌生的环境、陌生的人的一种心理排斥罢了。

新学校的适应

时光如梭,来到初中的最后一年,本以为会轻松地过完,但让我意想不到的是,还有许多波折。因为原来学校人太多,教育局的人要来检查,所以我们学校的部分学生被分到了政府新建的学校,我就是其中之一。由于这所学校是新建的,所以有些工程还没有完工。学校推迟了将近一个月才开学,开学后还有军训、分班考试等,耽误了很多时间。来到这所学校之前,我很胆小,适应环境慢,不敢跟陌生人有太多的接触。但是我已经没有时间去慢慢适应,只能放开脚步跟紧老师的步伐前进。在这里我认识了很多新同学、新老师,很快就和他们打成了一片。开学的第一天来到学校,学校里种满了桂花树,桂花香飘满学校的各个角落。跟着桂花香来到教室,教室里的桌子摆放得整整齐齐,黑板上工工整整地写着:"欢迎大家来到向荣中学。"

成长的经历是一个精彩的故事,在成长的过程中,你会得到很多很多的人生哲理,虽不是刻骨铭心,但也可受益终生!

(作者画如依,四川省凉山彝族自治州喜德县向荣中学)

作者的话

画如依

那是一个寒冷的冬天，我们的物理老师来到教室，打开多媒体。刚准备要上课，突然停下来，好像有很重要的事要说。"我有件事想跟同学们说一下。"接着说，"有一个作文比赛，同学们要积极报名参加。"然后老师介绍了比赛的规则。老师最后又补充了一句："要是获奖的话，有可能会去杭州参加颁奖活动。"听到这儿，我已经心动了，我决定参加，希望能得奖。其实我参加这次作文比赛还有一个原因：几年前妹妹的右脚不小心摔骨折了，家里人也不懂，就一直拖着，直到不能走路才反应过来，带她去医院检查时，医生说我们拖得太久了，得去成都的医院才能治好。因为这件事，家里所有的积蓄都花光了，还欠了债，所以这几年我们姐妹的学费都成了问题。我想通过这次比赛拿个奖，把学费赚到。

过了几天，我和我最好的朋友说了我的想法，她鼓励我去试一下。她还给我建议，说"你的成长多姿多彩，你应该写出来让别人欣赏"。我听了这番话就开始写了。过了四五天，我把作文写好了。我交给老师看，老师说，还不行，得改一下。所以我反反复复改了很多次。功夫不负有心人，只要你肯努力，就会有结果。

暮朝

谢翌矽

在一朵花骨朵的生命中，有过的是酸甜苦辣，遗留下的是酸楚。或许开放了的它，有着娇艳欲滴、楚楚动人、焕然一新的芬芳。那是它在背后付出了汗水，流下了眼泪，活出了洒脱，才能脱胎换骨。

因为需要钱，爸爸和妈妈去贵州工作。当然，带上了我的弟弟。从我记事起，爸爸妈妈似乎只能从恍若云烟的记忆中抽离出来，回家的次数也寥寥无几。

似是被人们遗忘久了，我的信念便寄托于厕所门前的一棵大树上。许是自己仰望这棵比自己还要高大肥胖的树起了崇拜的心情，当一缕缕金光渗透过似翡翠般的叶子，真似神人一般带人去极乐世界。

当我想起父母时，便会跑到大树底下，双手一搂，嘴里喃喃自语，泪水顺着自己轻颤的脸滑下来，晶莹剔透，染湿双颊，沾湿睫毛，有时也会情不自禁地忘了时间。

一次春节的团聚又因为父母的工作而被打破了。这个静谧的冬夜，如一个甜美的气泡被戳破。

第二天清晨,没等鸟儿鸣唱、雨露舒展身腰,静谧就被汽车尾气的叫嚣声打破。亲戚来送别父母时,我嚎啕大哭,不让他们走。我二叔给我钱,我一把打掉在地,跑进屋,关上门,贴在大门上,不让人进来,撕心裂肺地哭。后来不知怎么就睡着了。

我不懂的东西别人教我也没用,我随心所欲地想怎么样就怎么样。散养的生活使我懒惰的性格变得洒脱,受不得拘束,待一会儿便觉得浑身发痒,忍不住说话,扭动身体。教过我的老师总结一句话就是:学习可以,就是话多。

我上学时最记忆犹新的事情是,与我同组的范世康一次把口水吐到我脸上,并大声地讽刺我父母,我便说:"我爸爸妈妈去贵州了。"很显然他不信,并联合其他人把我的书包抢去,拿出铅笔盒。正在我追上他时,他忽然把铅笔盒往窗外一扔。我急忙跑过去,在小过道的尽头,一个黑影闪过,我没有理会,看到铅笔盒,喜悦随之涌上心头。可我打开一看,里面空空如也,我如被戏耍的猴子,可又无可奈何。

回家后我随手找了一支蜡笔,不过我不知道,看它写出的字是黑的,便以为是铅笔。

第二天考试,已进入花甲之年的奶奶问我:"有笔吗?"

我好像因为心虚,连声音都软绵绵的,像一只任人宰杀的羊:"有。"

"拿出来我看。"奶奶慈眉善目地说道。

我从书包翻出铅笔盒,拿出那支蜡笔。奶奶又追问我铅笔在哪里,我支吾着答不上。奶奶让我在原地等她,看着奶奶越发模糊的背影,我有种坚定和安全感。

奶奶一手把我养大,我从小就跟着奶奶,不知何时,她红润的肌肤变得苍白松弛，乌黑亮丽的秀发被时光染白，挺直的脊梁被岁月变得佝偻。

不久，奶奶手里拿了一把削了皮的铅笔，递给我，微笑道："拿着吧，记住，这次可别弄丢了。"

这让我原本失望的心充满了对未来的期盼。试想，在暖春的艳阳下，鸟儿鸣叫，百花飘香，你领略着自然的神奇，体味着人生的哲理，聆听着一位智慧老人的谆谆教导，那是多么惬意的事情。

时间如白驹过隙，六年的小学时光如轻烟，随风飘散；如薄雾，被初阳蒸融；又像笼着轻纱的梦，小学的开幕序早已画了个圆满的句号。

但不同的是，航船又带我们驶向新航线。唐朝诗人王维说过："流水如有意，暮禽相与还。"在大地母亲身上，有的同学飘逸洒脱，有的同学刚健雄劲，但都在追寻新的旅程。

那些走了的，可能只是昙花一现，消失得无影无踪。可是逝去的，挽留又没有意义。或许，早已物是人非，离开的不是我们，还掺和着我们当初的那份感情。

（作者谢翌矽，宁夏西吉县将台中学）

第一辑　我们正在长大

作者的话

谢翌矽

回忆朝朝暮暮，奶奶如同一团火焰，照亮了昼夜的路，温暖了我幼小的心。当广播声响起，写一篇回忆性的文章，我就想起了奶奶。如果我是一张白纸，那么奶奶便是一根蜡笔，用她丰富的情感描绘着多彩的画。我选了记忆最深的一件事来写。上了初中，早出晚归，即使同在一个屋檐下，也极少见到奶奶。这篇作文，就当作如今的怀念吧。

家

王瑞雪

家是温暖的港湾,每个人的内心都有一份对家人割舍不断的情感。她给了我生命的动力,她给了我生命的方向,她是我生命中重要的影响者,她是我成长的陪伴者和见证者。

我是一个没有低保和扶贫项的农村学生,因为爸爸当时买了一辆农用车,所以我就没有了扶贫项。家中有残疾的奶奶、严格的爸爸、和蔼可亲的妈妈、高中生的姐姐、调皮的读小学的弟弟和我。爸爸妈妈总是早出晚归,爸爸又贷了许多款,每天都要为家中的生活去拼搏。

我已经是一名初中生了,在初中阶段很艰难也很快乐。金秋九月,当我告别了小学,满怀希望地跨进中学的大门时,爸爸和妈妈都严肃地对我说:"现在你已经长大了,要好好学习,在新的阶段有不同的考验和磨难,这段时间说长不长,说短不短,要好好珍惜。"

我回答说:"嗯,我一定会好好学习的。"

月考很快来临了,我课上专心听讲并认真复习,这才获得了进五十强的名额。让我没有想到的是：进入五十强竟然还可以上第二节晚自习。上第二节晚自习的都是学习特别好的学生，并且还有讲得特别好的老师，他们给我们讲解我们不会做的题目，并且把很少见的题型都集中在一起，给我们一一讲解、对比，使我们更加丰富多彩。

就这几周发生了许多事情，让我印象最深刻的一件事是，爸爸在我上学的时候，突然耳朵开始疼痛，听不清楚。我刚回到家，弟弟就飞快跑过来对我小声地说："爸爸的耳朵现在有些听不清楚了，有时还痛得厉害。"听弟弟说完话后，我那时不知为什么，那么难受，那么害怕，不知该怎么办，心里酸溜溜的。

最后我还是面带微笑走进爸爸妈妈的房间，笑着大声对爸爸说："我考进五十强了！"爸爸和妈妈都特别高兴，爸爸听得很认真，并且严肃地对我说："你有什么不会的就去问你们的老师，不要放着，问的时候别害怕，老师不会骂你，你一定要大胆去问，把你们老师问到答不上来为止。这才算你真的懂了，真的知道了。"爸爸刚说完，我紧接着回答道："嗯，我会的。"我渐渐感到舒服了。

从这以后我决定好好学习。我们的生命是父母给予的，我们的成长也离不开父母的哺育和支持。

（作者王瑞雪，宁夏西吉县将台中学）

作者的话

王瑞雪

当时我并没有希望能获奖,我只是想挑战自己。每一个人都有家,家是每个人最熟悉的地方,那里有我们最亲爱的家人、最心爱的东西。有我们的喜怒哀乐,也有我们的酸甜苦辣。

爸爸的黑发越来越少了,白发占领了一大片位置,远远望去就是银白一片。我看见爸爸有些驼的背影,轻轻地叹了口气,爸爸每天奔波在外面,一会儿忙这儿,一会儿忙那儿,累得腰酸背痛。在我眼里,那白发是负责任的象征。爸爸是一家之主,默默撑着整个家,付出了多少精力、多少汗水。我心酸爸爸那满头的白发,但我喜欢这个有责任心的爸爸。父爱如船,陪伴我人生的航行;父爱如灯,照亮我人生的道路;父爱如伞,遮挡我人生的风雨;父爱又犹如那一杯浓浓的茶,带给我无限的暖意。

小城之景

倪英睿

我们这座小城,虽处于祖国西部边陲的僻静一角,不曾为人们所熟知,倒也有几番不错的景致。在这之中,小城的夜色与雪景,尤为值得称道。

小城之夜

日薄西山,四周的一切都渐渐黯淡下来。

行走在河畔,晚霞照耀着水面,映出其间的道道涟漪。夕阳抚摸着的一切都毫不失真地投射在水面上,其间还缀着点点落叶,为这幅精美绝伦的画儿又增添了些许色彩。深秋时节,晚风显得有些肃杀而凄凉,放眼望去,目力所及之处,层林尽染。但在这夕阳照耀下,我却惊诧地发现了最后一抹固执的绿意与生机。不久,那绚丽的霞光终于从远方的地平线处消失,但黑暗并未就此笼罩世界——小城的夜晚开始了。忽然间,街道两旁的路灯亮起，这橘黄色的灯光一时竟有些刺眼，但慢慢的，却又让人感到温暖而绵软了。那灯光洒在早已显得有些稀疏的枝叶上，为四周的树木镀上一层金边，竟使那老态龙钟的树显出几分华丽与生机。夜色正浓，原本充满活力的潺潺小河却也像是凝固在黑暗中了。但走上前去，才发现，在这看似失去生命的深不可测的黑暗里，那来自尘世间的璀璨灯光映照于其中。在那车水马龙的道路上，不断有灯光投来，使树木的影子映在地面上，同那潺潺的流水一道，像是在讲述着一个来自那早已被遗忘的古老时代的故事，显得悠远而神秘。

　　走上栈桥，四周万籁俱寂，此时，月亮已高挂在夜空，月光轻轻地洒在地上，像是独立于那尘世间灿烂却轻浮的光彩一般，高洁而典雅，使那静静挺立于河畔的小亭更显得金碧辉煌了。就这样，那自太古以来便照耀着这片土地的亘古不变的辉光同那尘世间的璀璨光芒，以一种别具一格的方式交汇在了一起。沐着月光，感受晚风的吹拂，我如痴如醉地看着眼前的这般光景。晚风拂过河畔的柳树，发出沙沙的细响。侧耳聆听，这响声与潺潺的流水交融着缠绵在了一起，像那古老而深沉的旋律，仍绽出不息的活力与朝气，历久弥珍。

北国之雪

　　夕阳西斜，霞光染红了天边的云，像一座富丽堂皇的宫殿耸立云端。
　　一切都如往常一样，熙熙攘攘的街道上，每个人都步履匆匆。但毫无征兆，人们突然不约而同地停下了脚步，望向天空——如同飘逝纷飞着的梦幻，雪，就这样纷纷扬扬地洒落。像阔别已久的老友重逢，每个人的脸上都洋溢着惊喜的神情。不知是不是错觉,往日刺骨的寒风,此刻却显得格外温暖轻柔,像母亲的手拂过面庞。雪越下越大,远处的高楼也笼罩在烟云缭绕之中,愈发朦胧了起来,像那天边的海市蜃楼一般,在街灯的照耀下时隐时现,使人顿生虚无缥缈之感,一时竟分不清现实与梦境的区别了。

行走在河畔,脚下的雪发出沙沙的响声。在那早已封冻的河面上,积起了一层薄薄的雪,同那弥漫在这广阔天地间的夜色一道,绘出一幅惊世骇俗的水墨画来。而那纷飞着的漫天飘舞的雪花,恰似这画中的留白,只给人一种空灵清旷之感。我静静地伫立于此,这一切,都令我久久地沉醉其中……

小城虽小,却包容了一份悠远而震撼的美,试问,这世间又有谁不为之动容呢?

(作者倪英睿,新疆拜城县第二中学)

作者的话

倪英睿

  我的生命中，有这么一种东西，深刻地改变了我的生活、我的思想，甚至改变了我的灵魂，这便是——书。我曾追寻列夫·托尔斯泰的脚步，一窥他所处的黑暗冷酷的社会；也曾跟随卡夫卡的背影，感受那个夹着公文包行走在布拉格街头的人所受的冷漠与排挤。但我最喜爱的，还是朱自清先生的作品。我无数次想象着，想象着自己沐着月光，漫步在满是荷叶的池塘之畔；也想象着自己乘着一叶扁舟，在桨声灯影里的秦淮河上欣赏河畔的歌声。正是因为他们，我开始留心生活中的美，也打开了想象的大门。

  我常想象自己行走在夜色笼罩的塞纳河畔，感受法国的风土人情；常想象自己驰骋在青藏高原，感受世界屋脊的雄壮瑰丽；也常想象自己攀登上巍峨壮丽的天山，感受"会当凌绝顶，一览众山小"的磅礴之感……而唯有写下它们，才能够将一瞬的感受化作永恒。每到这时，我才真正理解了卡夫卡，理解了他将写作视为生命的热忱，而我们的灵魂，也在此刻相遇了。

  而就在那个初冬的夜晚，那个大雪纷飞之夜，我迎来了梦寐以求的机会。那纷纷的飞雪飘舞于时隐时现的大楼之间，在街灯的照耀下，金碧辉煌。这宛若仙境的画面是我此生所见过的最美的景致，我迫不及待地用笔将她描绘于纸上，也用笔留下了我最美好的感受。因此，我才写下了这篇文章。

最好的礼物

王如艳

那年炎夏，大伯的女儿被开水烫了，最终没能存活下来。加之他贷了高利贷，家中光景更不如往日。当时正值锄草时节，艳阳高照，大伯穿着破了裆的裤子，却依旧信心满满地、满脸微笑地对我说："你看，今天的日头格外红，我相信我家未来的日子是光明的。"听了这句话，我想："这大概是时间给大伯最好的礼物。"

在那段日子里，经常能听到狗叫的声音，那是我大伯在挨家挨户地借钱。青蛙的合唱声与夜晚的风声在那时仿佛消失了一般，只能听到唉声叹气的怨声笼罩着沉闷的院落。

但大伯他并没有气馁，而是决定再出去闯荡一番。临走前，他对爷爷奶奶说："爹、娘，我会赚够多的钱来还账的。"说着他的眼泪已经在眼眶里打转了，赶紧拿起皱巴巴的行李大步向那满是尘土的马路走去。看着他那高大的背影，我感到是那么温馨。

爷爷奶奶帮忙打理大伯家的农活，一切都由他们来看管。直到有一天，大伯打来电话说："爹、娘，你们还好吧？我就要回来了。我看见集市上的葡萄粒大汁多，由于我的个子太高，越过栅栏时把头磕了一个包，但我还是越过去了，拿了大塑料袋，专拣饱满的挑。你们放心，还有一天我就回来了。我会抱着葡萄，不让它们有一个烂的。"放下座机的爷爷奶奶小心翼翼地抹着泪，心里替大伯高兴——他不但没有向这个社会低头，反而更加挺直腰杆来承担一切。那是我头一回见爷爷奶奶掉眼泪，因为在我的印象里，爷爷奶奶好像是把柱子般的存在。

也许对于爷爷奶奶来说，不管大伯拿没拿贵重的东西，带没带丰富的礼物，只要他自己回来了，就是对爷爷奶奶最好的礼物。

那天我一直在自家的麦子地里玩土，等着，等我那个不轻易认输的大伯。

转眼已经中午，我的肚子已经打了好几次铃，但都被我及时按住了。太阳像是在郊游似的，那天显得格外长。突然，六爷爷家的拐角处出现了一个高大的身影——没错，正是大伯！只见他肩上扛着大包小包，裤子依然是破的，衣服依然是脏的。见到我时，大伯亲了我一下。但由于我那时嫌大伯身上太脏，三两下就给抹掉了。大伯没有生气，反而笑着给了我一串既饱满又多汁的葡萄。

现在想来，比起那一串香甜可口的葡萄，大伯脸上那灿若阳光的笑容，才应该是我收到的最好的礼物。

转眼间八年过去了，大伯也已经搬到城里住了，还养了五十多只羊，日子过得风生水起。我也已经五六年没有见他了，也愈发想念我那不肯轻易认输的大伯。对于大伯那时的意志，在成长的道路上，我一天比一天更加认识到：只有这种意志、这种精神，才是世界上最宝贵的礼物。

（作者王如艳，宁夏固原市西吉县王民乡王民中学，指导教师黄明轩）

作者的话

王如艳

这件事是我在上三年级时发生的,当时大伯教会了我许多道理。也许生活并没有公平地对待他,让他失去了女儿。他的家庭生活也并不是那样好,身上还背负着许多债务。但在那样的背景下,大伯还是微笑着面对生活。他没有沮丧,他在努力地生活、努力地赚钱,他用行动告诉我:也许生活并不是完美的,可无论在怎样的环境下,都要努力去生活。即使生活在阴沟里,抬头仰望也还是可以看到星空。我想把这些事记录下来,为了大伯那样的精神,也为了我学会的道理。希望以后遇见困难的时候,可以想到大伯,可以想到这件事,可以让我有迎面击败困难的动力和勇气。

我的妈妈

白玛拉吉

今天我想描写在我身边最美的人,那就是我的妈妈。准确来说,她是我的姨妈。俗话说"养育之恩大如天",我无法用语言描述姨妈对我的恩情。姨妈的名字在藏文里寓意着度母,对我而言,她的确是度母。

我自小父母双亡,姨妈毫不犹豫收养了我。姨妈和姨夫从没让我缺少童年应有的母爱父爱。安逸幸福的日子一直持续到我八岁,我深刻地记得那天家乡寺庙有法会,我们一家高高兴兴地参加法会。我和朋友在玩耍,突然,我们家的一个亲戚说:"你爸送到医院了!"我没太懂,就和他往家赶。家里姨妈在地上哭,在场所有人将同情的目光投向我们。自此我再也没见过我的姨夫,这个给了我无尽又无私父爱的男人。姨妈撕心裂肺的哭声,至今我都无法忘记。

这件事情没过几个月,我生病住院,被查出患有脑膜炎,姨妈马上带我去省医院治疗。在痛苦而漫长的治疗过程中,我变得油盐不进,情绪易怒,就知道哭闹,觉得自己是世上最不幸的人,动过无数次想死的念头。

姨妈没日没夜地陪着我，安抚着我的情绪，接受着我的无理取闹。我住了好几个月的院，到了出院那天，姨妈推着轮椅上的我，带着一大堆生活用品和药物走到汽车站。看着累出一身汗的姨妈，我心疼，我恨自己为什么会这么没用，但我没有说什么，也不知道该说什么。

我以为回到家一切就会好起来，直到到了家，我才知道，为了给我最好的治疗，姨妈已经负债累累。欠下债务的姨妈开始找临时工作，由于还要照顾我，姨妈找不到好工作，只有在工地干粗活，还要照顾生活不能自理的我，每天她回到家里都累得半死。我多么想说"谢谢你，我的妈妈"或是"辛苦你了，我的妈妈"，但我还是什么都说不出口。我的病在不断地复查，不断地吃药，慢慢的来家里要债的人也越来越多。看着姨妈四处借钱，四处打工、买药、还债，我的心无比自责，多希望她没有我这个累赘。

慢慢的，我的身体有了很大的好转，但仍然要吃名贵的药，姨妈送我回学校上学，每天接送我上学放学。在一次演讲时，老师让我上台说点什么，我站在台上，看着一群家长中的姨妈，我终于说出了积压在心中多年的感谢。我大声地喊："谢谢你妈妈，我爱你！我会用一生报答你的恩情！"妈妈满脸泪水地看着我。我的妈妈，她本可以置身事外，在我生病时她本可以放弃我，她没有。她扛起本不属于她的责任，用和蔼可亲的言语、无私的关爱养育教育着我。我没有远大宏伟的梦想，只愿我能报答这个为我受尽苦难的母亲，用我余生所有的时间以及美好，给她一个安逸幸福的晚年，可以在她生病时喂她吃药，可以服侍年迈的她，可以让她在晚年享受儿女绕膝、老有所依的生活。

（作者白玛拉吉，青海玉树市第三民族中学，指导老师赵芷萱）

作者的话
———————

白玛拉吉

  我对姨娘充满感恩之情，现在无法报答她，所以我写了这篇作文。当老师说要写身边的事情时，我第一个就想到了这个题目。我用周六和周日两天写了这篇文章，等我回来给了老师，就一直等待消息。老师点评了我的作文，说真的在写自己身边的事情，情感很真诚，内容也很详细丰富。我特别希望我能得奖，因为我需要奖金。如果下次还能够参加，我想写我的爷爷奶奶，他们陪伴我从小到大，奶奶生病的样子我很心疼，我也想为他们写一篇文章。

第一辑 我们正在长大

藏在橘子里的爱

马小莉

> 橘子放在我的桌子上,纸上,手上;橘子甜进我的眼里,心里,回忆里。
> ——题记

我的家坐落在一个小山村里,它不大,却囊括了我的童年。它不小,却承载不了我美好的回忆。

踏着晨曦,迎着朝阳,我的上学生涯拉开了帷幕,崭新的书包里装满了沉甸甸的橘子。因为我爱吃橘子,所以我家的房子里总是橘香萦绕。

小时候,爷爷有一个"百宝柜",因为总是能从里面拿出一些新奇的玩意儿,像变魔术一样,有些是我从未见过的,有些是我总嚷嚷着要吃的,印象最深刻的便是那橘子。那是一个矮矮的、但当时的我怎么也够不到的高高的柜子,记忆中它的上面总是挂着一把小巧的锁子。小小的我总是对它充满着大大的好奇心。

我第一次看到柜子的全貌时,惊讶于普通的它居然能够装下那么多美好的东西。我小小的脑袋第一次充满了大大的疑惑,这样的疑惑或许只有在我睁开眼第一次看到这个世界的时候才有过。

放学走路几分钟就可以到家,我却在天色昏暗时才想起回家,墙内升起的缕缕炊烟,空气中飘来的阵阵饭香味儿,还有在凛冽的寒风中亮着的灯,使我不安的心顿时安定下来。一步一个脚印,深厚的积雪发出了微小的声音。这时门开了,是奶奶,她瞪着眼睛质问我,"你总算是知道回家了",手上却一边帮我取下书包一边关上门,我只是嘿嘿地笑。终于,奶奶看着浑身是雪、头发凌乱、裤子上还破了个洞的我笑出了声。爷爷拉过我,给我拍了拍雪,嘴里还取笑道,"怎么跟个土匪一样",奶奶还帮腔,"可不就是个土匪吗"。那天的柜子并没锁,我溜过去拿了橘子便吃,像是早已等待很久了,那天的橘子是我迄今为止吃过最好吃的橘子。

橘子带来的不仅是留于唇齿间的芳香,更代表着我幼时最温暖的回忆。有关于橘子的最温馨的回忆应该就是爷爷靠在沙发上,翘着二郎腿看电视,奶奶坐在炕的那边缝补衣服,而我在这边用剥开的橘子摆各种奇奇怪怪、可可爱爱的"灵魂艺术品",小巧的螃蟹是我最得意的佳作,玩得不耐烦了,便一口吃掉它们。这时橘子特有的清爽顿时抚平了内心的烦躁。橘子不仅让我的味蕾享受甘甜,更让我难以忘怀的是儿时爷爷奶奶给予的温暖。

除了橘肉,橘皮也是我快乐的源泉之一,见过用橘皮做的烟花吗?明亮的灯光下,把橘皮从中折起,用力一捏,橘子皮里的汁瞬间迸溅,伴随而出的还有我甜甜的笑声,这样就算是用橘子给自己放了个烟花。而在我不经意抬头时,总能发现爷爷奶奶用慈祥的目光凝视着我。从那以后我便发现,在我目光所及之处总会有新鲜的橘子皮供我玩耍,而我也乐此不疲。

如今，虽然我不再是那个调皮的小女孩了，而爷爷奶奶也渐渐老去，但每当我看到一个个可爱的小橘子，内心深处总会有一股暖流犹如喷泉般涌出，让我的心久久不能平静。我还是像小时候那样爱吃橘子，它们不再是爷爷"百宝柜"中的"珍藏品"，但藏在橘子里的爱会让我的每个冬天都不再寒冷。

（作者马小莉，宁夏西吉县什字中学，指导教师杨能能）

作者的话

马小莉

橘子，给你留下的第一印象是什么？是小巧可人的外表、清爽可口的汁水，还是它用途多、便携带的特性？对于橘子的认知，大家可能认为它只是水果，与香蕉、苹果并无差别，可对于我意义非凡，它寄托着我对爷爷奶奶的眷恋，承载着我儿时的欢喜与美好。写作的过程中，我常常为如何描写橘子而踌躇不前，我也曾犹豫：要不把橘子换成别的？但在我一次又一次地自我否定中愈加肯定了自己的想法，还是橘子最能折射出我写这篇文章的初心，所以我一定要写出来。非常感谢老师、家人的支持与鼓舞，也异常感谢此次"彩虹图书馆计划"提供的宝贵机会，让我有展示自己梦想的平台，我之后会不忘初心，继续砥砺前行。

我的烦恼

阿的伍呷

可能我从小就跟别人不一样,别人从小有爸爸陪着而我没有。我爸爸在我很小的时候就离开了我们,只有妈妈陪着我们长大。妈妈是一个残疾人,所以很多人都看不起我们。

我从小学开始就很羡慕别人都可以有爸爸妈妈陪着。每一次有同学嘲笑我没有爸爸,我就躲在一个角落里哭。有的时候我想过离开这个世界,但一想到我的妈妈,就没有那样做。小学的生活真的很难过,整天被说没有爸爸,感觉自己都要坚持不住了。我知道我没爸爸,我也很缺少父爱,如果我有一个爸爸该多好啊,就不会天天被他们说了。对他们来说,说我没爸爸很轻松,但是就不能先理解一下我吗?每次他们骂我野孩子的时候,他们想过对我的打击有多大吗?

我哥哥以前学习特别好,但是家里没有钱,连弟弟读书都没办法供上,所以哥哥就没读书而出去打工了。以前哥哥在学校的时候会保护我,可是现在不可能了。我常常被欺负,但是也不敢跟妈妈说,怕妈妈会担心我。

我像这有笑有泪的生活

    自己从小没爸爸，也没有爸爸的陪伴，真的是让人失望透顶。每一次妈妈带我回姥姥家，姥姥都会问起我爸爸，我会抱怨他这么多年来也没有找过我们！他走的时候，我弟弟都还没有长大，我对爸爸也没什么印象了。

    有时候，我会在晚上哭，我同桌阿西约生总会安慰我，让我别哭，不要自卑，要坚强，要加油。约生和我是小学同学，也是我的初中同桌。她也没有爸爸，她年龄比我大，一直照顾着我，对我很好，所以我把她当作姐姐了，我们俩就像姐妹一样相依为命。除了对方以外，我俩也没有依靠了。

    我情绪上头的时候，除了崩溃还是崩溃。我常常没有安全感，经常独对半夜无人的空气。我要是没点安慰自己的本事，还真活不到现在。

    我的烦恼越来越多，我该怎么解决我的烦恼呢？家里的事情也越来越多：学校的学费交不起了，家里特别困难，不够我、我哥和我弟同时读书。哥哥就为了我和弟弟，初三的时候就不读书了，出去打工了。现在我和弟弟的学费是哥哥用他的泪水换来的钱，哥哥特别懂事。如果哥哥当初没有放弃学业的话，可能会考上好高中。我问过哥哥："你后悔过吗？"哥哥的回答是："不后悔，后悔干嘛。"

    哥哥现在才17岁，当时15岁就出去打工，我觉得他很伟大。每一次等哥哥打工回家的时候，我都会跟他说我在学校的烦恼。唉，我一年只能跟哥哥见一次。今年他回来的时候，我在学校读书，回不了家。他给我打电话，问我什么时候回来。但我不能回家，我真的好想他。

    有老师帮我，有同学为我加油，我的烦恼渐渐没有了，我也选择忘记那些烦恼。

    我希望长大能当一名老师，能走出大凉山，去很多地方教书，能赚好多钱来给妈妈，让她过上好日子。但现在我要在初中好好学习，其实我每个星期都很努力地在学习。眼睛疼的时候,我都坚持不回家,好好学习才能在这个初中好好度过。我的学习现在不太好,但我会好好努力,让我的梦想实现。

也希望我的妈妈每次不用给我20元,只给我10元就行了。家里还有个弟弟,不用给我太多。以后我会努力地改变家庭的困难,让家人过上好日子。加油!加油!

(作者阿的伍呷,四川省凉山彝族自治州喜德县向荣中学)

作者的话
_____

阿的伍呷

  人生就像一本书,封面是父亲,内容是自己,厚度由自己决定,精彩程度自己创造。爱心是一片照射在冬日的阳光,使贫病交迫的人感到人间的温暖。黑暗的冬天比永昼的夏天更吸引人的,是对阳光的期待。我没有父亲,我也需要阳光的照射。生命有裂缝,阳光才照得进来。有一天,我们劳动与技术课的杨老师走进教室,说了一个有1000元奖励的作文比赛。我就想着试试吧,万一能行呢,我就把我最近想的写在作文本上面了。这篇作文我写了几天,给杨老师交上去,但是他说不行,让我改改。我就又写了一篇交给老师,他又让我改。改了好几次。希望各位姐姐哥哥和阿姨叔叔你们身体健康,感谢你们,我也在这谢谢我的杨老师。

我和我的父亲

马国福

每个人的身边都会有几分美好！而我的美好就是我的父母。这份美好使我的人生变得丰富，变得饱满。

我的父亲年龄大了，头发也早已经寥寥无几，就连表情以及神色都体现出年迈。波浪状的皱纹，早已经驻扎在了父亲的面孔上。现在父亲走路也不再健步如飞，行动上也不比如初那样灵活，整个人看起来都不再精神焕发。但我总是能从父亲的眼神里看到他过去的样子，甚至有时候会去幻想父亲的过去是否也像我现在的生活一样分外有趣？而他那挺拔的身躯始终都是我最有力的依靠，还有他一手撑起的家，也是我最大的避风港。

我的父亲是一个既朴素又很节约的人，毕竟也是从饥饿的年代经历过来的，所以总是把我认为容易得到的东西看得十分珍贵。他老是嘱咐我，生活不容易，所以我们要学着更好地去珍惜，要学着做事。

父亲会说："你现在所能得到的、所能满足你的东西，都是我和你妈妈每天早出晚归、面朝黄土背朝天所换来的，这里面的苦，是你无法体会的。要是你不理解我说的话,那你就回头想一想为什么都是人,你可以在楼房里吃着水果,看着电视,做着运动,感受着空调,而我们却还要在地里面忙着农活。现在的生活好了,教育的质量也得到了大大的提升,所以你要抓住机会,要好好学习。人只会苦一阵子,不会苦一辈子,你只有过了这一阵子,以后生活上的方方面面才能得到更好的保障。"

美好的生活需要自己去创造,需要自己去打拼、去奋斗。吃得苦中苦,方为人上人。

父亲总是语重心长地对我说:"人一定要以德服人,一个人要是没有高尚的品德,那活着便也没有了意义,人生也不会变得精彩。诚信体现在一个人生活的方方面面,是否有高尚的品德,能否在社会上立足。所以你要讲诚信,答应别人的事情必须要做到,记得要乐于助人。"

小时候父亲对我很是严厉,考不好就会教训我,做事不认真的时候也会以同样的方式来对待我。父亲总是对我说:"无论做什么事情都应该三思而后行。"我内心总抱怨父亲不够理解我,但却不敢说出来,生怕父亲听了会不高兴,又开始教训我。日复一日、年复一年,我也慢慢地长大了,渐渐的,我发现父亲对我不再那么严厉了。我自己在做某些事情的时候,也不再像以前那样马马虎虎,反而会井井有条地去做。只要发现自己精力不集中,就会慢慢地静下心来,调整好自己的心态。

很多时候我觉得,父亲在这个世界上扮演的角色不仅仅是一位伟大的父亲,更像一位人生导师,他激励着我颤抖的心,使我发现自己能像激流不尽的江水一样荡漾着,使我拥有无限前进的动力。

而长大后的我也慢慢地发觉,人生只有自己去经历挫折,才能出类拔萃。我们也不要因为父亲的教训就去抱怨什么,或许父亲的每一次教训都是在给我们一个启示,需要我们自己不断地去发现,不断地去探索;又或许父亲的每一次教训都会是我们成长的铺垫。无论父亲教训我们的用意是什么,父亲都在给予我们无限的爱。

生活更是如此,需要自己不断地去探索,不断地去发觉,不断地去实践,不断地去让自己的思想和心灵渐渐成熟。我们更应该改变认知:父母终究都会有离开我们的一天,而我们需要自己走上成长的阶梯,踏上成功的旅途。

(作者马国福,宁夏西吉县将台中学)

作者的话
———————

马国福

在写《我和我的父亲》这篇作文中，无论是哪个字，还是哪句话，对我来说都是那么意味深长。

我觉得我和父亲过去的那种美好、那种场景，又在我眼前若隐若现。那种感觉就像鱼儿见到水一样亲切，一样激动，一样欢快。从这篇文章的开头，到文章的中间，再到文章的结尾，我每写一段都会有不一样的感受。

我会写《我和我的父亲》这样一篇文章，那是因为我对父亲是打心眼里感激不尽的。对我而言，父亲给了我太多太多，父亲对我说的每一句话，不仅使我的生活变得多姿多彩，而且使我的人生变得更有价值。对我来说，父亲给了我像种子一样美好的生命，照顾着我生根发芽。父亲在我的成长过程中不断帮助抚育我，让我成长为一棵大树。真正使我骄傲与自豪的，其实并不是我写这篇作文得到了奖励，而是我有这样一个父亲。

一个我最感谢的人

夏依丹·艾则孜

在我成长的摇篮中,我感谢的人有很多,感谢爷爷奶奶对我无微不至的关心,感谢老师教会了我许多知识,感谢同学们在学校中给我带来温暖和真挚的友谊,我最感谢的人是给我生命、把我带到这个世界上的人。如果没有她,就没有现在的我,我就不会来到这个世界,所以我最感谢的人是我的母亲。每当想起妈妈,就想对她说:"妈妈谢谢你,谢谢你给了我生命,你是我最想感谢的人。"

记得我上小学一二年级的时候,有一次妈妈说和爸爸一起接我放学,我就一直在校门口等,那时候外面哗啦啦地下起了大雨,所有的同学都被家长接走了,我心想:"一定是因为爸妈很忙,所以脱不开身。"我还在等,等啊等,但还是没有等到,天都已经黑了。老师对我说:"我送你回家吧。"我很犹豫,我怕一跟老师走,妈妈就来接我了,然后找不到我而担心,我该怎么办呢?就在这时,一个全身上下都湿透的人出现在我面前,是我妈妈吗?对,是妈妈,是我的妈妈,我一把抱住我的妈妈,对妈妈说:

"妈妈,我还以为你不来了呢。"

我相信没有哪一个母亲是不爱自己的孩子,也没有哪一个孩子不爱自己的妈妈。是妈妈给予了我们生命,妈妈教会了我们做人的道理。不管干什么,我的脑子都会浮出妈妈的笑脸。

我妈妈呢,她是一个非常美丽和蔼的人。她有蓬松的长发,又大又圆的眼睛,嘴巴不大不小,身材不瘦不胖。

记得有一次,我和朋友玩,不知不觉中下了雨,我就赶紧回到家里,到家就很难受了。妈妈把体温计拿出来给我测体温,一量体温38.9℃,连忙抱起我去医院。我在医院输了三天的液,我好了,可妈妈却病倒了,很久才好。从那以后,妈妈说我懂事了很多,那是因为我感受到了母亲的力量,那个力量是多么强大。我以前总对妈妈发脾气,惹妈妈生气,现在一想妈妈对我那么好,就觉得好后悔。妈妈对不起,我不应该这么对您的!

妈妈感谢您,感谢您生我养我,没有您就没有我的今天。感谢您为我付出的点点滴滴,我心里充满了感激,感激母亲十几年的养育之恩,谢谢您给了我伟大的爱。妈妈,我以后一定会好好学习,长大好好报答您,在这里我想说一句:"妈妈谢谢您,我爱您,妈妈。"

(作者夏依丹·艾则孜,新疆拜城县第二中学)

作者的话

夏依丹·艾则孜

在我成长的过程中,我要感谢的人很多。世上有一种爱平凡而伟大,总是无私地付出,不求回报。这种爱如甘甜的泉水,纯真而洁白,这种爱就是母爱。

小学时,妈妈答应我来接我放学,当她从雨中走来,出现在我面前的时候,我是多么幸福啊!在我五六年级的时候,一次我和朋友玩,不知不觉淋了雨,发高烧,妈妈穿上雨衣抱着我跑去医院。在送我去医院的中途,妈妈自己也淋了雨,也生病了。母爱就像天上的星星,照亮黑暗的夜空,让光明得以现出那神奇的光芒。

家乡

王涛

每个人都有自己的家乡，有家就有温暖，有爱就有希望。每个人对自己的家乡有不同的看法，比如风景、环境、建筑等，它都承载着满满的回忆。当然，如果你久别家乡，难免会有几分怀念，想多了，会累，会迷惘，但往往缺少不了对家乡的爱。

家乡之美，在于内心之美。自从我十三岁那年起，家乡有了极大的变化。到底是变美了，还是跟以前一样呢？那就让我们进一步说明。

在我的记忆中，清晨总会听见鸟儿的鸣叫声、溪流的流淌声，最让人激动的是，傍晚时分的那一缕彩霞。我还记得那时，每当我回到家，小伙伴们总会来找我玩。最难以忘记的是小时候与我的好朋友一起偷苹果、淋雨，还一起在下雪天时堆雪人、打雪仗。

如果这一切的一切能变成一幅画，那该有多好啊！把它挂在我的床头，能时时刻刻地看着它。"枯藤老树昏鸦，小桥流水人家，古道西风瘦马，夕阳西下，断肠人在天涯。"大家应该很熟了吧！对，在一个初秋的夜晚里，月出奇亮，我站在月光照耀下的亭园里，仰望着，想象着。

当然，家乡的四季也是别有特色的，为什么呢？当第一阵和煦的春风轻拂而过时，春天已经悄悄地来临了，那堆在花园里的薄雪，已经开始融化，隐隐露出了土黄色的泥埂，你能嗅到土的气息，抬头便是空旷辽阔的蓝天、白云。可别小看这悄悄袭来的春风，它可带着独有特色的魔法，把沉睡在冬日里的人们唤醒，把那些埋藏着的灵魂与气息唤醒。就这样，它一步一步地前行，击打着，守护着。

当气息的脚步继续跨进，"家乡的春"已经在聆听你的歌声，清晨的白雾、水露，滴打着土地，滋润着大地，这时，乡里的人们就开始忙碌，好似赶集一样，你追我赶。从白天到黑夜，没有一个放松的时间段，乡里的人们辛苦劳作，耕种植物，想要一个圆满的收获。每当我看着他们在田野里，早出晚归，心里总有那么一点想要哭的感觉。看着他们额头流下的汗水，我们不应该去努力、去行动来回报吗？

当赤热的身体飘过，"家乡的夏"以轻快的脚步赶到这里。初春已过，带来的便是炽热的夏天。夏天，赤日炎炎，美好的事物尽在其中，可别瞧不起夏天，虽说夏天热、夏天狂，但夏天的泉水、风可不一般。"夏日炎炎"，说起来挺上口，但你有没有亲身经历过夏天的趣事呢？想必你肯定不知道吧，记得在我的印象中，那叫一个字——"爽"。嘿嘿！是不是很惊奇，那年夏天，原本我打算做功课的，可小伙伴非拉着我说："去不去游泳？"这么热的天，我选择了"去"。

前面便是那清幽而透明的小溪了，我们加快脚步。当你走进溪水，就会感觉一股滋润人心的泉水流淌着。如果可以，我能在这溪水边游玩一天，但时间是流淌的，无法抓住。

秋季也别有一番特色。家乡的秋天给人一种凄凉之感，因为秋天是农民伯伯最忙碌的一季,那金灿灿的麦头,那一排排树立的玉米,那茂盛丰富的土豆,都是他们收获的成果,也是他们流下的汗水。田间地头,农民伯伯挥动着手臂,收获着他们一年的希望,虽然汗流浃背,却满怀喜悦,甜在心头。有人说,秋天的感觉很凄凉,可我说,秋天是美丽浓艳的。因为它用丰厚的硕果,赢得了无限的生机。

改革后的家乡,我不怎么了解,但我了解一点,它的经济建设提高了不少,改革道路也加快了步伐。同时吃的、穿的、用的、住的等,都有了美的面貌,不仅家乡的景有翻天覆地的变化,人和道路也有变化。

家乡的变化,我无法用语言来表示,因为家乡的人在变,科技在变,一切都在变,我只能祝家乡一句:"家乡是最棒的,在不久的将来一定可以插上腾飞之翼,成为世界瞩目的焦点。"

我爱我的家乡,爱它的一年四季,爱它的魅力四射,它让我感受到了温暖。

(作者王涛,宁夏西吉县将台中学)

作者的话

王涛

家乡的美,只有细心观察身边的一点一滴,才能体会到它的独特性。家乡的青山秀水,深深地刻在我的心中。家乡是我从小到大的根源,承载着我美好的回忆。它所带给我的美好,使我不禁想要用文字来赞美它,用文章来记录它。

少年两小记

李香怡

我们与时间一同向东奔去,跃过千座山,跨过万条河,却依然偶遇惊喜,世界是多么广大啊!

"相约老地方"

我慢悠悠地在老步行街走着,我喜欢这样安安静静的,总觉得安静的时候,时间就会饱含着温柔,走得慢一点,像水轻柔地、小心翼翼地包裹着手掌一样。我看见一家奶茶店,有点熟悉。

"相约老地方",我默念了一遍。前几天,杨给我提过,我没当回事,只依稀记得杨和张那天说,如果我们高中不在一起了,回新疆的时候,一定要把我从家里扯到这来吃一顿。

我站定看了一会儿,没什么特别的——在街角,很干净。门口只有一个类似小黑板一样的牌子,上面是三条抛物线,构成一个笑脸,看着有点奇怪,要是对称应该会好看很多。门是黑色边框,中间用黑色细条分成八个格子,很窄,一把躺椅的宽度。

我上了台阶去推门,推了半天也没推开,难道没有人吗?可里面是亮的呐,我把整张脸凑到门边,太暗了看不清,只能看到一团越来越大的黑影,什么东西?我尽可能把头伸得近一点,突然……门开了……"欢迎光临。"一道稍微低沉缓慢的声音传过来,我"唰"一下脸红了,立马挺直了背,我看了一眼来的人,又迅速将视线转移到地上。一个姐姐,一米六五左右,黑色头发披在肩上,瘦瘦的,很好看,像是温柔姐姐的模样。

"姐姐好。"

她向旁边退去,我道了谢,就走了进去。昏黄的灯光模糊,勾勒着小店。

"想喝点什么?奶茶,果汁,咖啡,啤……想要喝点什么?"她边低头整理着东西,边说。

"蓝莓果汁有吗?"

"有。"

"要杯蓝莓果汁,打包带走,谢谢。"

我坐在座椅上,细细打量着奶茶店,我从没来过这样风格的店。里面不是很大,只有三个用黑色短帘拉上的独立的小空间。放着流行英文歌,一面墙上贴着大大的海报,里面很多外国歌手扎着脏辫。柜台上有一座小假山,水声混着音乐入耳。暗暗的,几个酒瓶做成的灯,竭力散出昏黄的光,用细麻绳吊着,悬在柜台之上。柜台旁边是一些稀奇古怪的挂饰、一对牛角、一把金钥匙以及一小行红色英文,均匀地散在那面墙上。这像是电视上的酒吧,可没那么热闹,只是安安静静地坐落在老步行街一角。心被音乐点燃,有点莫名的激动,又有几分安宁。

"好了。"低沉缓慢的声音又传来,我迅速反应过来:"姐姐,需要多少钱呢?""十元。"我付了钱,往外走去。刚准备推门,听见姐姐说:"这个门是从里面拉的。"我立马红了脸,低下了头:"谢,谢谢啊,我……下次注意。姐姐再见。"

或许会踩到荆棘,但阳光依旧遍布大地。

断线

初三,在体育课上,我的右膝盖受了伤,除了膝盖处疼以外,一切如常,我只回班休息了一会儿,没太在意。

出了校门,我找到停自行车的位置,解开自行车锁,准备骑自行车,突然发现异常——右腿抬不起来了,膝盖断了线一样耷拉着,我无法将力气传送给小腿。也许拉拉筋就好了,我想蹲下,可蹲到一半的时候,膝盖处的筋像欲崩断的琴弦一样,我不敢乱动了。我直起身,迅速打量着四周。不能急,不能急,我抬了抬右腿,抬不起来。我理好思路:1.打出租车。2.去商店打电话,向父母求救。3.自己回家。

我摸了摸口袋,身无分文,不能打出租车了,第一条行不通。

我看向四周,锁定三家小商店,我犹豫了一会儿,拖着右腿,向第一家走去。

坐在柜台电脑前的是一位约莫五十来岁的男人,皮肤皱巴巴的,像枯树柴一样,头发四处散落。

"叔叔好。"那人抬头瞄了我一眼,又低了回去。"有什么事?"像被扼住喉咙的声音。"叔叔可以借一下手机吗?我想打一个电话给爸爸妈妈，我这个腿……""这有座机，一元一次。"我沉默了一会，咽了咽口水接着说："我每天都从这里过，我可以今天打了，明天将钱还给你吗？你应该是见过我的，我每次都来……""不行。"不耐烦的语气传过来，将我想要说的话都吓怯了，硬生生地吞了下去，我感觉眼泪在眼眶里打转，放弃了。下一家店吧，总是要保留点面子的，我拖着腿出去了。

我走向第二家店。

"阿姨好，可以借一下手机吗？一会儿会儿，我报个地址就好了。"那个阿姨停下手里的活，看向我："给。"她调好页面，递了过来，我加快脚步走过去，太好了太好了，我的心越跳越快，清冷的空气里只剩下我的心跳。我拨通了电话，"嘟……嘟……"怎么回事？没通？我有点窘迫，袖子里的左手紧成一个拳头，尴尬着又将电话拨了过去。不一会，清脆的响声传了过来，挂了？阿姨注视着我，那目光像火灼烧着我的手指，"抱歉。"我抬起手，"叮~"手机有信息传来。一下子！她夺回手机，长指甲刮得我的手生疼。"我还有事，你去别的店吧。"我浑身颤抖着吐出"谢谢阿姨"，拖着腿逃了出去。还有一家店，还有一家店，没事没事，我还可以走。

我去了第三家，是个姐姐："抱歉啊，我的手机现在不能用。"我不想验证这句话的真实性了，说了声谢谢，就离开了。

这一带，我知道的，无论是往前走，还是往后走，都没有店了。人很少，甚至看不到一个人。我从没有这样看着路，从没有这样抱怨家远。

想不到别的，我坐在自行车上，看着红绿灯机械地亮着，树枝扭曲地伸向天空。深黑的夜，洋洋洒洒，那望不到头的漩涡。这一切是如此陌生，围着我的墙，似乎慢慢裂出了一道缝隙，我看到了更远处。

"小怡？你怎么还坐在这？不回家了？"旁边驶过来一辆车，这是我们小区的人，也是我爸爸的同事，我和他不熟，上下学时只见过几次面。"叔叔，可以给我借一下手机吗？我需要打个电话，我妈妈可以把费用微信转账给你。"我站了起来，极快地说着，大气不敢喘一下，那最后一句说得尤为清楚。"打电话？不用钱，我和你爸爸认识的，呐，你打吧。"我接过手机："谢谢，谢谢，太感谢了。"我嘴巴不停呢喃着。我终于有救了，感觉像死里逃生。我妈妈接到消息，让我在原地等着，她来接我。那个叔叔递了一条围巾给我，说："我现在要赶着去上夜班，你在这等你妈妈别乱跑，围巾围好别冻感冒了。新的。"我呆了呆神，之前的抱怨一扫而空："谢谢啊，到时候来我家吃鸡啊！叔叔！""成。"互相道了别后，车驶向前方，淹没在那马路之中。

  我们触摸着社会的藤蔓，一点点地描绘着世界的眉眼，即使奔赴万里，衣襟沾湿，我依然坚信沧水还是沧水，巫山还是巫山，少年还是少年，繁花犹在。

（作者李香怡，新疆维吾尔自治区拜城县第二中学）

作者的话

李香怡

在九年级之前,我从未了解什么叫"逝者如斯夫,不舍昼夜"。直到九年级触碰到社会的枝芽,我才猛然发现,原来时间已经过了那么久,久到我距曾经梦里那遥不可及的"社会"只有一层薄膜了。我心里隐隐有些惶恐不安,但更多的是对未来的好奇与激动。我想将它们捕捉下来,藏在我的玻璃瓶里,于是我写了两个小故事。

以前我从未到过这样的地方——空气里的酒香振荡着这儿的神秘与放肆,牛角,啤酒瓶,潮流海报,令人感到兴奋的英文歌曲……我内心激动紧张,像是害怕被父母发现偷偷吃糖的小孩子。那儿的每一缕昏暗的灯光,伴着潺潺的流水声,热烈的氛围中掺杂一些平静,惊奇与小心翼翼相揉。这是第一个故事,也是我人生中美好的经历之一。

我想了很久,想把第二个故事取名为"断线","断"是不舍,是不得不,"线"是纯白一片的天真烂漫。以前我妈和我聊着聊着就会叹气一声,又向我投过来一个莫名奇妙的带着一种复杂感情的眼神,过后,又是长长的叹息,便转身离去。我总是被这一操作弄得莫名其妙,可我越是问她有什么不开心的事情,她越是叹气。我遇到这件事的时候,满心委屈地与母亲诉说,母亲先是担忧后来又归于平静,唯独没有像以往那样安慰我,我隐隐有些失望,我有些疑惑地问她:"那些不给我打电话的人,做得对吗?"她与我说了好长的话,那是之前每一次叹息隐藏起来的话。

人生很长，青春可贵，我们会看到阳光普照，也会偶然碰见沙尘。不变的，重要的，是我们不妥协、不气馁、不害怕的勇气以及亘古不变的善良。

我的"顽童"老爸

江雪

在人的一生中总会有那么一个人:他,为你遮风挡雨,为你造桥铺路,为你抛弃一切,甚至付出生命。

"我的老父亲,我最疼爱的人……"这首歌唱得多好啊,它不仅赞颂了父爱,还让人从心里创建了一个父亲的形象。其实,我从心底里一直幻想着这首歌里的"父亲"可以成为我的爸爸,看见眼前这个嬉皮笑脸的人心里就不禁暗暗吐槽,下面是我采撷的几个与老爸斗智斗勇的镜头。

镜头一:周末时光最美好,抢遥控器少不了。

在我家里(尤其是周末)一定会看见一个情景:一个女孩气呼呼地瞪着眼,她的父亲在旁边幸灾乐祸地偷笑,手里还高举着遥控器。这就是我和我爸抢遥控器的情节,但是每回都是我败在了他的手下。有一次我长了一个心眼儿,在他高举遥控器之时,猛地一跃,大有猴王出世的味道,也就是这一跃让我抢到了我梦寐以求的东西——遥控器。就在我暗自狂喜之时,背后传来一声长叹:"唉,闺女大了我也管不住喽。"听了这句话,我心里不禁爬上了一丝酸楚，对老爸说："爸……"这句话刚吐出，老爸一把夺过遥控器，得意洋洋地说："嘿嘿，姜还是老的辣。"说完就扬长而去看他的《动物世界》了，只留下我一个人在原地懊恼。

镜头二：考试前为你加油，考完后为你加把火。

好像是在我五年级吧，我一天在家复习，准备迎接期末考试。我爸那时正在玩手机，见我埋头苦读，便探了探头想看我到底在读些什么。上次抢遥控器的事还历历在目呢！我怎会让他得逞？于是我捂住本子和书，可他没有和我抢，只是对我说声："加油！"咦？难道我搞错了？

期末成绩出来后我考得十分差劲，拿到成绩单后心里很难过。妈妈一直鼓励我，到家后，他笑着说："一定没考好吧！"我说："你怎么知道！"他对我说："一看你那表情就知道。""好吧，这次就算你赢！"

镜头三：冬天趣事多，老爸笑呵呵。

冬天虽说寒冷但也情趣盎然，在我家，因为那位的存在，冬天也过得有滋有味。

我记得那天寒假我正在看电视，他走过来对我说："别看电视了，来陪我打会儿牌。"我心想：反正电视也没多少可看，不如打会儿看看嘛。见我答应后，他高兴地把牌取了来，眨巴着小眼让我抽牌，抽好牌后，我们开始比大小。经过几轮的对战，我的脸上被贴满了纸条，而他呢，稀稀拉拉的几个。唉，又输了。

这就是我的"顽童"老爸，他不仅给我带来欢乐，还给予我幸福。

（作者江雪，宁夏西吉县将台中学）

作者的话

江雪

爸爸，一个无言的角色。但在我生活的大海中，他总是我航向的灯塔，他总是默默无闻却总是付出，并在不经意间以一种幽默的方式教育我，给我的人生以启迪。可以说，爸爸以他半幼稚的生活态度，牵着我的手前进，即便在我们的心里他永远是一个"老顽童"。

有关亲人生活的点滴，总会牢牢刻在我的心里，有关"顽童"爸爸的更是这样。初次听到广播站的播报和老师的通知，一个小小的种子便在我心里埋下了：我的"顽童"爸爸，这不就是我生活中最令我难忘的吗？

到了第二天我便开始准备，想了半天也没想好写什么、怎么写。就在这时，爸爸小步跑过来，轻声冲我说："丫头，渴了不？"我抬头一看，爸爸手里是一杯牛奶。

我顿时有了想法，爸爸与我的这些点点滴滴"顽童"小事，不正是很好的故事么？第二天，我便开始动笔。就这样，一个"顽童"老爸的形象诞生了。所以，《我的"顽童"爸爸》表面是爸爸的"顽童"样，背后却是爸爸对我的引导、教育和深切无言的爱。

我的生活

易嘉怡

四面环山，土石土根，我在这里长大。

这里没有浩瀚无垠的海，但有苍苍莽莽的大漠；这里没有繁华的街市，灯红酒绿，却有我独爱的恬淡静美，这便是拜城。

我在这里出生，并生活着。我的生活既没有白居易的轰轰烈烈，也没有李白的肆意潇洒。我只是一个平凡的人，日复一日的生活，走廊间同学们的嬉皮玩闹，家人间的关心絮叨。又是梦回夕阳，桌前的老师捧着书，抑扬顿挫。操场上的同学们回眸一笑，泼洒了半面青春气。或者是考场上，我紧捏着笔，眉头紧锁，细细思索。随即"柳暗花明又一村"，那种高兴，似乎真的要溢出心去。在这许许多多的回忆里，我又同大多数人一样，在普通的环境中成长，生活中远远没有老舍文中祥子的"一波三折"。有喜有悲，却永远无法画上浓墨重彩的一笔。

可这样的平凡生活，也未尝不可。在我奋力游向梦想的彼岸时，眼前突然化作虚无。正慌神之际，一双双粗糙的手托住我的后背，让我有了信心继续前行。原来那些所谓的迷茫，不过是蒙在心底的雾，拨开云雾足以见天日。是父母亲给了我无数的勇气，让我尝试那些我从不敢去尝试的事。那是一张张黝黑的面庞，饱含风霜。虽不是武侠片中行侠仗义的大侠，但他们同样无所不能，为我遮下风风雨雨。平凡的我，有着平凡的生活，平凡的爹妈，平凡的家庭，平凡的事。

窗前，窗外。一抹夕阳染红了天边，橘红色的光照在同学们的脸上。我的生活大多来自这里。由最初的地方开始，从婴儿时的牙牙学语，到儿童时的懵懵懂懂，最后是少年时的坚强勇敢。我的初中生活，更替了很多老师，他们生动鲜明的个性，给我留下了太多太多的美好回忆。我的青春并不张扬，也不会年少轻狂。我的青春是平平淡淡的，会随着时间的流逝而悄悄溜走。这就是我，平凡的我。

我们每个人的心中其实都有一条街，这条街的尽头我不知会到往哪里，也不知一路是否平安。这里的未知让人望而却步，却又不得不一直走下去。每个人的起点不同，终点也不同，但可以在彼此的路上砥砺前行。

前行的路上，我有同伴、家人。他们都是我爱的人，也是鼓励我的人。沿途的风景，有时也让我驻足欣赏。

新疆，"大漠孤烟直，长河落日圆"。哪怕唐时的王维，在当时的艰苦环境中也能领会大漠的浩瀚壮阔。而现在，社会生活日新月异，条件越发优越，我们生活得更加幸福。时不时看看远处的天山，饮几口清水，呼吸着绿叶气息的空气，原来，我曾经认为天大的困难也不算什么。我很感恩现在的一切，现在的快乐生活。"此生无悔入华夏，来世还在种花家。"

不只是风景使我眷恋，同样的还有这里可爱的人。他们的生活朴素而不乏真实，是那些拥有善心的人们共同慰勉着我原本枯燥的生活，更丰富了我的生活。

我在这里生活，爱这里的一切。

（作者易嘉怡，新疆拜城县第二中学）

作者的话

易嘉怡

在创作这篇文章之前,我一直想要分享我的生活,我也想要赞美我成长的地方,以及这里可爱的人。我最想分享的就是这些,再者就是我的梦想。我从小到大有一个梦想,那就是成为一名作家。我知道一名好的作家,需要足够丰富的见识和极好的文笔,而我如今也不过是"井底之蛙",但我一直没有放弃。

我的出生地——拜城,是一个不大的县城。那里和蔼可亲的人们给予我无数的温存。每当我沮丧的时候,想起他们,便会悲伤散去,面带笑容。我感到很幸运,我能在这里长大,能遇到这些纯朴可亲的人们。于是我写了这篇文章,来寄托我对这座城市深深的依恋。

小城的四季

蒋子昕

我就住在这座小城里,从出生到现在都是如此,我看这座小城新旧交替、四季变换。

春天她迈着轻盈的步伐迈向这座沉睡的小城。春风拂过之处,万物苏醒;春雨滋润之处,万物萌发;春姑娘踏过之处,万物绚丽。小河叮咚地打着鼓,小鸟喳喳地歌唱着,蟋蟀弹奏着,知了做着和声。一场盛大的春日演唱会上演着。蜜蜂飞舞着,大熊旋转着,金鱼游动着,小猫摇摆着。一场春日舞会表演着。动物们仿佛都在庆贺春天的来到。

土里钻出了小草,新的生命重新来到。它顶破了这片土,推开了头顶的石头,历经千辛万苦钻了出来。这正是春的能量。春天给小城增添了一分新绿,让这小城更加充满生机。

夏天是燥热的,但在小城人们的眼里,反倒成了一个玩耍的季节。人们带上游泳的装备去往游泳馆,换上泳装,跳进游泳池,像鱼一样在水中穿梭。多么自由畅快,人们欢乐地玩着,欢庆着夏天的来到。一切都是那么生机勃勃。

公园里的花也正开得艳丽，人们来到公园闻着花的香，在一地翠绿的草坪上铺一张地毯，坐在上面感受着自然赠予的一切。夏天是这么美好。

秋天，是瓜果丰收的季节。由于这座小城的地势特殊，这里的瓜果蔬菜富有糖分，十分可口。人们非常爱吃当地的拉面，因为拉面的面粉富有糖分，拉出来的面也很劲道，再配上刚采摘的蔬菜和特制的酱料，一盘美味的拉面就出盘了。从外地回来的子女最想念的当地美食就是拉面，每次都要大吃一顿才感觉舒服。

树叶一大片一大片地变成了金黄色，风一吹，树叶刮起一片金黄的叶浪，美极了。地上也都铺上了一层金黄的地毯，世界变成了金黄色，美极了。

小城的冬天是雪白的，也是有趣的。孩子们裹着一层厚厚的外衣，风雪袭不进去。孩子们分成几派，开始玩耍着只属于冬天的游戏。

他们打雪仗，堆雪人。在他们灵动的双手下，仿佛这一切都活了起来。一个小孩手里捧着晶莹的雪球，向空中抛去，划出一道美丽的弧线，砸在了另一个孩子的身上。这场雪中追逐战拉开了帷幕。一个小孩追赶着另一个小孩，瞪眼一看，不知情的人还以为是野兔在雪中移动。

瞧，这用"碎晶"创造的雪人，在微微的日光下隐隐闪着晶光，好像孩子们的快乐凝成的结晶，变成和孩子们一样快乐的雪人。一群群孩子在雪人边嬉戏，像一条条鱼儿窜来窜去。孩子们开朗的笑声似乎也传给了一动不动的雪人，他们笑着，跳着，在这冷冽的冬天，带来了春风般的温暖。

小城的天气特点就是多变。例如，早上还下着小雪呢，中午就日光普照，夜晚又风雪大作，就跟操劳的老母亲似的，为大地山川盖上了层层厚厚的棉被。

（作者蒋子昕，新疆拜城县第二中学）

第一辑 我们正在长大

作者的话

蒋子昕

当我报名参加征文比赛的时候,我的心是忐忑的,因为写好一篇文章并不是一件容易的事情。一开始我想要以我生活的这个小城市为主题,虽然它比不上那些繁华的大都市,但我在这里留下的珍贵回忆,是其他事物远远比不上的。这里的白杨树高大挺拔,伫立在边疆守护着我们,让我们不受洪水的侵袭。这里也没有一些大城市那样被污染的空气,拜城的空气是新鲜的,小河里也没有污染物。这座小城的环境是非常好的。一年四季,它有四种不同的样子,所以我把它的样子写了下来。

静看榭里晴空，此心安处唯有家

漆海燕

陨落的星石，勾勒出一缕淡银的弧线，那是对家的思念。叶出于枝，落而归根，以其精华，滋其根本，以此报家恩。中国人可以没有名字，但一定有姓，这是中国人对家的执念。

有小家，必汇千万小家成大家。而"新冠疫情"，这个自2020年初出现并持续至今的字眼，也让我们见识了中华之大家所势。可能，对于疫情，谈之，没有人可以淡定自若，也没有人会袖手旁观；同时，对于疫情，我们脑海中的第一印象可能会是"封城"。

是啊，年初，华灯初上，暖意溢心，但新冠疫情开始悄无声息地肆虐。有难必出英雄，无数医护人员应援出战。而为了隔绝病源传播，封城，毋庸置疑是最好的方式。于是，就这样，整个城市，从人山人海、车水马龙，到路上只要有车行驶就会让人感到十分新奇。明明在平时都是最普通的东西，在这个不平凡的时候却变得不普通了。

也是在这个时候，家里人从平时各忙各的，到不得不待在同一个屋檐下。明明是这个世界上最亲密的人，却偏偏像陌生人一样，话不投机，甚至无言相待，成为最熟悉的陌生人，在一起多待一会儿都会觉得不自在。但毕竟是血脉相融、同根同源的家人，几天的相处，朝暮相伴，看着熟悉到映在骨子里的面貌，心中温暖备至。

就像一湾湖泊，哪怕分流数条，一经汇聚，必不带任何掺杂，因为骨子里的东西无法割舍。

有人说，一个家庭的幸福度，要看厨房的烟火与温度。家里平时冷锅冷灶，但此时一家人一起做一顿饭，每个人都出一分力，做出来的饭可能比不上外面的大餐，但吃得舒心。

就觉得恍惚间，家还是那个家，但并非只是一个房子那冰冷的空壳，累了可以"葛优躺"，烦了可以有人诉，苦了可以有人共，甜了可以有人甘，这些人是家人，这个地方是家。没有拘谨慎重，没有谨言慎行，可以开怀，可以放纵，只因他们是家人，自己便可以放下所有伪装、一切防备，将心间最柔软的部分，捧至卿颜。

正如俗语云：金窝银窝不如自己的"狗窝"，哪怕外面繁华万千，心中挚爱唯有家。

而终了，几个月后，疫情有了好转，封城结束了，一切归至起点。春天不会不来，也许只是迟了，而家依旧还在，温情更甚。

冬至已过，寒冬的第一场雪虽迟些，但好在来了。纯雪渐落无痕，无声地将小城化作冰域，更添一份清纯与神秘。放学后，独自一人走在街道上，独享这冬日温情，别样年华。无奈地滑，只敢"蹑手蹑脚"，"防滑方为上策"，内心郁闷十分。有雪却不能敞开玩，真是"憋屈"，但是看着街上的行人和我没什么两样，内心方为平复。无聊地踢着脚边的雪球，走在路上，抬眼前看，却发现这样一幕：头发花白，身躯曲背的一对老夫妻互相扶持着，颤颤巍巍地走在雪地上。两人在一起，仿佛世间颜色尽失，不及眼中此一人，其身后的脚印也由远及近，相伴彼此，无声但温存。

仿佛间，我想到了，真正的爱情，也许不是年少的青梅竹马，但一定是迟暮余晖，你我同看这世间最后夕阳。爱，亦是家；爱人，亦可成为家人。也许没有海誓山盟，但愿为你洗手做羹，也许没有情言爱语，但会与你细语叮咛。此时的爱已非只是爱，更是亲情，共同见证于日月，看着岁月静好，你我慢慢由青丝变白发。

抖落岁月的尘埃，静看榭里晴空，在家里，总有人会等你，哪怕很晚很晚……

（作者漆海燕，新疆阿克苏地区拜城县第二中学）

作者的话

漆海燕

2020年的除夕,哪怕是鞭炮齐鸣,锣鼓喧天,也掩不住危险的来临。新冠疫情悄然而至,就算烟火缀染夜空,嘈杂唢呐之际,亦难解心绪不安。在严峻的情况之下,我们也封城了,达数月之久。在刚刚封城的时候,多多少少都会有一些不习惯,但是想到这是如今唯一能为祖国所做的事,就算不能冲锋陷阵,也要尽己所能,不捣乱,听指挥。

我们总说,现世安稳,岁月静好,而真正让我们有所体验的是社会之大爱,小家之心安。家是吾心中国,国是吾之大家。国之家,为心中之担当,家之国,为心中之所护——此为国家。在这人世嘈杂,烟火缭乱中,也许只有一个执念——家。谨以此文致敬,此次在新冠疫情中做出贡献的人们!

身边的事

马倩玲

> 这步履匆匆,踏过春夏秋冬的肩膀,让爱心穿梭于心灵的缝隙,把美丽写进心灵的深处。其实,你会发现每个季节、每个角落,都有爱、有美,还有不经意触动人心的感触……
>
> ——题记

我以为您不爱我。

因为我学自行时摔倒,您没有立马跑过来替我拍掉身上的尘土,而隔壁的文文摔倒,她的爸爸会三步并两步地跑过去扶起她,心疼地问这问那,但您却用很严肃的眼神看着我,并让我自己起来。

还有您过生日的时候都不笑。我心里想:今天是您生日,您都不笑!一想,转眼间您就四十一岁了,不是那个想干什么就干什么的人了,还连自己生日都不笑,大吼大叫地说这不好那不好的,真不知道您这倔脾气什么时候才能改掉啊!您每一次都是那么严肃,不管做什么事永远是一本正经的样子，我都很难见您笑一笑啊。但您一次又一次地帮我渡过难关，这让我铭记于心。

我的妈妈她是一个很开朗的人。每次我犯了错误或者成绩没考好，妈妈都会给我不一样的鼓励："没关系，下次别再犯了就行，下次争取进步。"每次我考完试没考好，都希望您打我一顿或者骂我一顿，要不然，我都觉得我对不起您和爸爸，我一次又一次把您和爸爸都气老了。

成长的路上，母亲让我学会坚强，她让我明白不管前面的路多么漫长而坎坷，我都不应意志消沉。

母亲，谢谢您为我铺好前方的路，谢谢您为我遮风挡雨，谢谢您每天早起为我准备饭菜……

母亲，就算我长大了，您永远是我遮风挡雨的臂弯，谢谢您，我的母亲！

（作者马倩玲，宁夏西吉县将台中学）

作者的话

马倩玲

  当我听到复旦大学研究生支教老师宣布写作比赛的信息，我就萌发了写作的意愿。班里同学大部分都准备大展拳脚了，而我的内心埋下了写作的决心，且要写得很好。

  到了第二天我便开始准备，但是脑子里毫无头绪，想了好半天都不知道怎么写。回到家想了好多，依旧没有头绪，就在这时妈妈过来给了我一个我最喜欢的冰可乐，没有说话就出去了。忽然我发现，爸爸妈妈不就是最有资格写进作文里吗？第二天，我就开始动笔了，可能是因为我对爸爸妈妈很了解，写起来作文思路很多，回忆起和爸爸妈妈的往事皆是欢声笑语。曾几何时，父母已有了白发；曾几何时，父母脸上已有了皱纹；曾几何时，父母的双手布满了老茧；曾几何时，父母的脊背已经弯曲……所以这篇文章不仅是我对爸爸妈妈的感谢，更是对父爱和母爱的感恩。

五大金刚

王胤伟

我虽然生活在一个小县城,但我每天都过得很充实。因为我有四个形影不离的好伙伴"脚盆""老阿姨""赵妖精""马保国",要说我们是怎么变成"五大金刚"的呢?

这就要从我们第一天正式上课说起了。我们五个人被分到了一起坐,老师让我们相互认识。上课时,我们几个趁着同学回答问题时开始聊天。放学后,我们五人被老师叫到办公室,老师问完来龙去脉,把我们批评了一顿。

至于我们的名字为什么很奇怪,您听听。我姓"王",可控制不住自己无限增重的肚子,变得胖胖的,所以我的朋友都叫我"王胖子"。至于"老阿姨"这个名头是因为她满额头的青春痘,比起我这肉嘟嘟的没长痘的脸,明显比我老。说完"老阿姨"就要说"老阿姨"的好朋友"赵妖精",她呀,随身都有一个镜子照自己,这面镜子我们几个叫成"照妖镜",谐音就是"赵妖精"。

说完这俩成员,就该说我的好哥们"马保国""脚盆"。"保国"这名字一听就很厉害,因为李同学学过跆拳道,模仿保国很像,所以称他为"马保国"。"脚盆"是一个谐音,是他本名蒋鹏的谐音。

还记得我们那时候的仪式,中午我们陆续来到教室,"老阿姨"带了许多糖给我们,还说是兄弟就把糖吃了,我们面对面吃了好多糖。

我们五个人在一起没干什么好事,夏天在水池那儿开着水龙头泼水,冬天就打雪仗。那时为了躲避雪球,我摔了一跤,还把手弄伤了,自己不关心,却受到了朋友的关心与扶持,他们总是在我需要的时候出现。

(作者王胤伟,新疆拜城县第二中学)

作者的话
———————

王胤伟

  我们几个仿佛拥有"金钟罩""铁布衫"似的,有一种"死猪不怕开水烫"的精神。更主要的是,我们五个人每节下课,不知道因为什么总能擦出点火花,开心得仿佛要把教室掀了。写这篇作文,就是想把我们的乐趣通过文章分享给大家,也希望大家都能开开心心过好每一天。

身边的人

蒋鹏

俗话说得好,"近朱者赤,近墨者黑",可以看出身边的人对我们的影响很大。

在我的身边有这么一群人,他们是我的同学,还有我的老师。他们每一个人都很好,每一个人的身上都有很多优点值得我去学习。

我们班级里有一位太极宗师,人送外号"马保国",他可是我们班级的搞笑担当。"马保国"有一个特点,不,他全身上下都是特点,他缺半颗门牙,你可别嘲笑他,他这半颗门牙可是打跆拳道掉的。在他高兴的时候,你问他这半颗门牙是怎么掉的,他准会告诉你,你拿他这半颗门牙开玩笑也没事。可当他生气的时候,结果就不会那么好了。我们对他的笑并不是嘲笑,而是一种赞扬的笑,一种发自内心的开心。

他身上还有许多特点,这里就不一一介绍了。

第二,我想讲一下我的老师,我的老师真算得上国民好教师。

在小升初的这段时间里,我以为初中,是一段很吓人的时光,老师会很凶，作业会很多。可上了初中我才发现，老师并没有那么凶，作业平常也不多。

我不喜欢生物。我并不是不喜欢生物这一门学科，而是不喜欢上生物课。上生物课的时候我们一个个都坐得笔直，小动作也没有，都在认真听课，可这样我们就会觉得生物课很无聊，就会忍不住打瞌睡，而一睡觉老师便会提高音量，我们会立刻坐直，呆若木鸡地看着老师。

我最喜欢上体育课，体育课比别的课好。这种课一般是在室外，老师会带着我们做武术操，有些奇怪的动作常常引我们发笑，老师也是一个幽默的人，我会跟着老师好好地学习。

我觉得吧，不能因为不喜欢这门课而不去学习，我也发现了，你喜不喜欢这门课完全是喜不喜欢老师教的方法，不论是哪个老师、哪种教学方法，我们都要好好学。

（作者蒋鹏，新疆拜城县第二中学）

作者的话

蒋鹏

  作文主题是"我与我身边的人",当时我就想要写我的好兄弟,可是朋友、兄弟那么多,我也不能把所有人都写上,就想起了特点最多的"马保国"。我想要大家知道他是怎样的一个人,他很幽默,有时我也会有点儿佩服他。我觉得我们的友谊会很长久,即使以后高中分开了也不会变。我身边还有其他有趣的朋友,大家都有自己独特的特点。写这篇文章,我主要想给大家介绍一下我的生活,因为有了这些有趣的朋友,我每天都生活在快乐当中。

我心爱的"吉祥"

何柳珩

说起我的心爱之物,小鸟"吉祥"就当之无愧了!记得那只"胖鸟鸟"是前年夏天来到我们家的,当时我正在写作业,妈妈提着个鸟笼子去了阳台,我心里一喜,莫非……

我蹑手蹑脚地到阳台一瞧——呀!一支黄黄绿绿的小鹦鹉出现在我面前。眼睛大大的,身子胖胖的,羽毛如傍晚的彩霞,它估计也吓了一跳,小心仔细地打量着我,慢慢从笼子里跳出来,爬到阳台另一端。而我站在笼子前盯着它,一动不动。渐渐的,它又爬回到笼子上,慢慢靠近我,最后走我跟前,用小嘴巴顶了顶我的鼻子,我依旧不动声色地望着它。它发现我没有反应,便用羽毛尾巴扫我,我打了个大喷嚏。它吓了一大跳,冲我尖叫了一声,我也学它叫。就这样斗了几个回合,它终于不再怕我,索性飞到我的肩上,蹭蹭我的头发,而我也不甘示弱,用食指点了点它的小脑袋。这小家伙倒也不怯了,反而大胆地啄一啄我的大脑袋。我和这只可爱的"胖鸟鸟"就这样成了好朋友。

"胖鸟鸟"也淘气得很,经常弄得我哭笑不得。有一次,我刚进小区大门,大老远就听到楼上吉祥的叫声,莫非小家伙能心灵感应,知道小主人我回来了?我兴奋地跨进电梯,冲进家门,却发现吉祥正站在我的作业本上搞破坏!走近一瞧,一泡新鲜鸟屎完整地摊在书本上。我气得真想伸手打它小屁屁,可这只"坏鸟鸟"呢,早已"逃之夭夭",钻进鸟笼躲了起来。

可就在小区防疫封闭解除后的一天,久未在室外放飞的吉祥,突然飞到高高的树枝上,不肯回到笼子里来,只是不断地朝我叫,感觉是在跟我依依不舍地告别,急得我向它大喊——"吉祥吉祥,你快回来啊!"在我们相互叫喊了五十多分钟后,这只"坏鸟鸟"终于飞向了天空,至今下落不明!我的心都要碎了……

事后一个姐姐安慰我,给我讲了一个小故事:有个生重病的女孩,久卧在床,心情极为忧郁。一天从窗外飞进一只小鹦鹉,一直陪伴着女孩,女孩的病竟然一天天地好了起来。我就觉得,心爱的吉祥——那只"胖鸟鸟""坏鸟鸟",一定也是带着快乐,飞到需要幸福的人家去了!

(作者何柳珩,杭州观成实验学校,指导老师张虹)

等待

王品柚

放学啦！等班级队伍解散后，我一甩书包，拿出了公交卡。

几个同班同学，有说有笑地走在前头，我刚想去和他们打招呼，却只见他们飞快地向前奔去。我不禁纳闷地摸了摸鼻子，暗想：我有这么不受欢迎吗？

等到我定睛一看，也跟着他们狂奔起来，原来——公交车来了！

公交车可不等人，留给我的只是一个帅气的背影，我只好坐在车站的椅子上，静静地等待下一班公交车的到来。

过了一些时候，灰暗的天空下起了大雨，朦朦胧胧，远近的一切都变得模糊起来。大雨中的车站，只有我孤零零的一个人。"啪"的一声，街道两旁的路灯开起来了，将我的影子拉得好长好长。我看着它，还是静静的。雨势越来越大，来往车辆的尾灯闪烁着，在潮湿的地面上反射出一道道暗黄的光。喇叭声急促而不安，在这个夜里透着一缕寂冷。

天已经黑得完全看不见东西了，我站起身来，刚想把书包放在长椅上，五路车又来啦，谁知它径直绕过我，就那样扬长而去，丝毫没有发觉我的存在。我无助地望向四周，可是，没有一个人。我叹了一口气，暗暗埋怨自己运气不好。刺骨的寒风夹杂着几句对话声，传到我的耳朵中——

"这天怎么暗得这么快啊，等妈妈回家就给你做好吃的！"

"哦，今天我们考了一场试，我得了97分耶！"

"全班有几个100分呀？"

我听不清楚这是谁说的，只能听出一些支离破碎的片段。

雨还在淅淅沥沥地下，远处楼房窗户的灯光一盏接着一盏地亮起来了。现在想想，家真是让人备感温暖的地方啊！忽然，脑海里冒出一句"何当共剪西窗烛，却话巴山夜雨时"，咦，这首诗谁写的？李商隐还是杜牧？真想不起来了，我只觉得脑中混沌一片，胡思乱想着，默然地坐着。

大街上几乎没有人了，我心里紧张起来，还会有车吗？我不敢往后想了，甩甩脑袋，仿佛能把那些恐怖的想法甩出去，继续强撑着精神等待车辆的到来。

"嘀嘀……"终于，一束灯光打破了封尘已久的沉寂，我摸了摸已经被汗水浸得黏糊糊的公交卡，深深吐了一口闷在心头的浊气，登上了车门。

那一刻，我激动得有点想哭。

（作者王品柚，浙江省常山县育才小学，指导老师李丽）

1～200

王茗熙

放下你的架子，端正你的态度，哪怕一件微不足道的小事，也能给你带来无穷无尽的力量。

——题记

天阴沉沉的，呼呼的北风疯狂地刮着，是那么肆无忌惮！今天刚进行了数学考试，做题时感觉挺简单的，但成绩并不让我满意，这是为什么呢？

"叮铃铃。"上课了，朱老师在黑板上写下了一串数字。咦！老师写这一串数字干什么？写这一串数字的目的是什么？我心里产生了 N 个问号。

"安静！安静！"朱老师的讲话声打断了正在纷纷评论的我们，"今天，我们来玩一个游戏，把 1～200 这么多数字写在本子上。"哼！不就是写写数字，数字谁没写过，有什么难的嘛？我不以为然地想着。"注意，要求三分钟内连续不断地写数字，一定要用最快的速度，写错字的同学请自己站起来，不允许耍赖。"我的心里咯噔了一下，好像被小石子绊了一跤，扑通一下掉进了深渊。呀！三分钟写那么多的数字来得及吗？万一写错了怎么办？听到同学们的一阵阵惊叹声，我禁不住打了个寒战。

"预备，开始！"随着老师一声令下，同学们立刻在本子上奋笔疾书起来，教室里安静得出奇，连根针掉在地上的声音都能听得见。

"吴佳玥，你用橡皮擦了，站起来！"原本还想继续写下去的吴佳玥逃不出老师的火眼金睛，只好极不情愿、扭扭捏捏地站了起来。

我认真地写着：52、53、54……千万不要写错啊！我心里默默地想。这时又有一位同学"蹭"地站了起来，我的心怦怦直跳，好像有跳跳球在胸口不停地跳动。紧接着，同学们陆续向朱老师"投降"了，教室里不像刚才那么安静了。同学们叽叽喳喳地抱怨起来："都怪你害我写了两个112！"教室像一个菜市场闹个不停。"112后面是113哦！""还有40秒！"老师在教室里走来走去，不停地干扰着我们。这时，老师走到我的身边，低着头望着我写的数字，我的手犹如捆了铁，仿佛失去了知觉，汗水开始从额头、手心冒出来……

"10，9，8……2，1，时间到！"可是我才写到188，大部分同学都站了起来，只有不到10个同学成功了。我奋力地甩了甩手臂，加入了同学们的讨论行列。大家都用羡慕的眼光看着那些成功了的同学。现在回想起来，写1～200个数字，并不是件简单、容易的事！如果从200依次递减写到1，应该会更难一些。

"许多同学由于紧张和轻敌，不知不觉中途就失败了，不过我相信我们全班同学只要克服心理和外界环境等干扰因素，一定可以顺利完成这个游戏。"朱老师总结说。

外面不知什么时候已经狂风渐止,温暖的阳光包围了周遭的一切,我也沉浸在这迟来的阳光中,此刻我仿佛顿悟:"在生活中,无论遇到什么样的事情,哪怕看似如此简单,我们都需要有良好的心态,做好充足的准备。在做事过程中,还需要有足够的耐心、细心、静心才能很好地完成。"

(作者王茗熙,杭州市文海实验学校,指导老师宋春晓)

爱闯祸的爸爸

朱逸舒

我的爸爸叫朱燕春,取这个名字,是因为他是在立春那天生的,春天又有燕子,所以就叫朱燕春。最好笑的是,读师范的时候,爸爸第一天去上学,没有找到自己的宿舍,原来老师一看这个名字以为是女同学,就把爸爸安排到了女生宿舍。

爸爸说他小学读书的时候是在渔山街上的小溪旁边上学。一到中午午休,他们就跑去小溪边抓鱼。因为小鱼都躲在石头底下,他们就翻开石头拿起小罐子往下扑,但是小鱼游得很快,他们抓十次只有两三次是抓住的。有时候他们去旁边的山上爬山,山上有一座石头小山包,他们就在上面爬进石缝躲猫猫,跳来跳去。有一次中午,他们在同学家看好电视回去的路上,看到一个小女孩家里晒了很多菜莆头,就跑过去四五个人一人抓了一把,但是被主人发现了,他们赶紧逃跑,一直跑到学校里。他们以为终于安全了,可是那个女同学报告老师了,他们就被罚站了一节课。

炎热的夏天,家里会买西瓜,姑姑想切西瓜,爸爸也想切西瓜,然后他们一人一只手拿着开始抢，当爸爸抢到的时候不小心往前一挥，砍在姑姑的额头中间，她马上鲜血直流，开始哇哇大哭，爸爸吓得直冒冷汗。到现在，姑姑额头上还有一个疤痕。

　　爸爸小时候总会拿弹弓来射鸟，有一次爸爸在射的时候一不小心射到姑姑的眼睛上，姑姑痛得看不到东西了，还好爷爷奶奶带着姑姑去钱塘周浦，找了个眼科医生才看好。

　　更有趣的是，他们以前的茅坑都是在外面、露在阳光底下的，几个小伙伴看见有人在茅坑里上厕所，就会悄悄地溜到后面，拿起大石头扔进去，然后他们就边笑边逃。

　　爸爸小时候还有一件惊心动魄的事情，就是在他还不懂事的时候，自己爬上爷爷奶奶靠在墙壁上放好的双轮车。结果车翻了，整个儿砸了下来。幸亏当时旁边有两个东西把车搁住了，不然……爸爸哇哇大哭，爷爷奶奶知道了都吓坏了，把爸爸给救了出来。

　　爸爸小时候还很健忘。有一次，他早上骑着自行车出去上学，中午和其他同学去另外的地方骑车玩，后来连自行车都忘记放在哪里了，只好走回家。爷爷问他自行车在哪，他也记不起来到底放在什么地方了。

　　没想到文质彬彬的爸爸小时候这么淘气，真是人不可貌相啊！

（作者朱逸舒，杭州市富阳区富春第七小学，指导老师陈晓英）

不只是怀念

周一朵

似乎每年清明都会下雨。

清明是要去扫墓的。淅淅沥沥的雨沿着田边的泥地一直淋,滴滴答答落到山上,渗到满是黄泥的土路里。这座山就在村庄的边上,村里曾死去的人们都在上面长眠。

我们沿着泥泞的土路往上爬,一个墓碑一个墓碑地扫过去。在墓前插上香,放上花束,然后恭恭敬敬地问好。对我来说真是挺程式化的动作,这些地方躺着的老人都是我不曾见过或是几近忘却的,从来不带着什么感情。妈妈跟我说,这些墓碑上都刻着老人们子子孙孙的名字,也有我的。可那时我还没出生,上面写着的甚至不是我真正的名字。这样一来,扫墓这件事好像更与我没关系了。

现在回想起来,我似乎从小就不喜欢扫墓。那座阴森森的山,那些冰冷的大墓碑,我都不喜欢。小时候对死亡的认知很浅,我从不知道他们为什么离我们而去了,也从没想过人死后会去哪里。我真正对死亡有深切的概念是因为一次变故。

我们家有一只中华田园犬,叫考拉。从我有记忆开始,它就在院子里了。幼时的我很内向,不懂得与别人交谈。考拉知道我所有的想法和天马行空的故事,与我一起在院子里玩耍。它是我最最亲密的朋友了。然后我渐渐长大,一开始与考拉一般高,慢慢它便只到我的胸口。考拉小时候偷偷跑出去玩,被狗肉馆的人打了麻醉,我们的邻居看到才把它救了回来。狗狗的寿命本就只有十几年,这样一闹事情就更复杂了一些。于是,在我和考拉八岁那年,它逃到后院里,悄悄地睡下了。

那天,外公把这个消息告诉我。我很震惊,但是没有哭。这件事太不真实了,甚至到现在我都会恍惚觉得它还在院子里等我。我愣了半天,很久都没回过神来。妈妈跟我说:"考拉的时间用完啦,它没有办法继续待在我们身边了。但是它会变成一颗星星,看着我们。如果哪天想它了,就对着天上的星星说话。考拉都听得到的呐。我们家里还有一只狗狗呢。所以呀,现在对它好一点,哪天它不得不离开了,你能想到它冲着你摇尾巴,而不是你没有陪它玩。"那天妈妈和我聊了很多,我印象非常深刻。这是我对生命的启蒙,也是我对死亡改变看法的时刻。

从那以后,我就再没有像以前一样对待扫墓。虽然我不认识他们,但是我会在心中真诚地祝福他们,在天上一切都好,不知道他们认不认识考拉呢。

又快到清明了,那天会不会下雨呢。由于肺炎的影响,今年的清明大概是没法扫墓了。也没什么关系,扫墓从不是形式上的问候。如果哪天想逝去的朋友或是长辈了,就对着天上的星星说话。他们都听得到的呐。

(作者周一朵,杭州市江南实验学校,指导老师江国平)

一次"大胆"的尝试

张立歌

俗话说：不听老人言，吃亏在眼前！寒假的一次冒险，让我付出了惨痛的代价。我第一次来到寒冷的北方，对什么都充满了新奇。虽然我被妈妈裹得严严实实，只露出眼睛，但我还是喜欢摘掉手套去捧一把街边的积雪，摸一下冰雕的小动物。

这一天，爸爸妈妈走亲戚，我一个人留在院子里玩雪。当我坐下来休息的时候，忽然注意到了院子里的铁栏杆，栏杆上被一些冰碴子包围着。咦，难道这就是爸爸告诫过我的，不能用舌头去舔的铁东西吗？这时，我突然冒出了一个大胆的想法：要不要去舔一下？这个想法刚冒出来，我自己也被吓了一跳：那可是很危险的，爸爸说，舌头是会粘上去的！再拿下来的时候，可就惨了！想到这里，我害怕了！可是心里却有一条毛毛虫在不停地对我说，试试吧！不试，怎么知道是什么感觉呢？妈妈不是常说，要勇于尝试吗？这种冲动越来越明显，我再也没有心思玩了。我心想：说不定，那都是大人们吓唬我们的呢！雪又不是万能胶，怎么会粘住我的舌头呢?

想到这里,我看了一眼周围,没有人。于是我鼓足勇气,伸出舌头,对着铁栏杆,迅速地贴了上去。哇,一阵冰凉!等我想缩回舌头的时候,舌头已经被牢牢地吸在栏杆上了。我试着往回缩了缩,但有一股巨大的力量在跟我拔着舌头。完蛋了,我的舌头真的被粘上了!巨大的恐惧瞬间袭来,我想喊叫,可是根本没有办法叫出声来!怎么办,我只好自救。我尝试用牙齿一点点把舌头和栏杆接触的地方咬开,每咬一下,我的眼泪就涌出一点。此时我只想快点让舌头脱离栏杆,结束这该死的冒险。我强忍着泪水,一点点地用牙齿分离着舌头和栏杆,慢慢的,上下牙齿终于贴合在一起,舌头经历了九九八十一难回到了我的嘴里!

我长长地舒了一口气,舌头终于获得了自由!这时候我才觉得,舌头尖上火辣辣的,像是吃了火红的辣椒,我吐出一口鲜红的口水,洒落在雪地上,简直触目惊心!

我偷偷地逃回家里,装作若无其事地走进洗手间,一照镜子,发现舌头上全是一个个小血点。啊,我真是后悔极了,再也不敢做这种危险的尝试了!

(作者张立歌,杭州文海实验学校,指导教师倪安安)

教室里的"不速之客"

施哲航

"叮铃铃",上课了,室外的同学们都一溜烟地跑回了教室,静静地坐在位子上等待老师。可是突然一个"不速之客"不请自来,而这节十分寻常的语文课在这一刻变得不寻常了。到底发生了什么事呢?请大家随着我的目光一起去看一看吧。

起初,大家都在聚精会神地听老师讲课,没有人注意到。过了一会儿,调皮的小郭同学开始变得不安分了,他的目光开始神游了,一会儿飘到这,一会儿飘到那。突然他的目光定住了,直直地盯向"不速之客"。他也顾不得听老师讲课了,立刻碰了碰他的同桌——小吴同学的手臂,表情复杂,压低了声音说:"你向上看,赶快向上看一下。"小吴同学狐疑地向上看了看,说时迟那时快,胆小的小吴同学立刻尖叫起来:"啊!有马蜂啊!"边叫喊边钻到桌子底下了。接着小吴同学的后面那位也一刻不停地嚷着:"哪里?哪里?"

顿时,教室立刻就乱成了一锅粥,课也不上了,教室里的尖叫声此起彼伏，一浪高过一浪，就连我这个"旁观者"也忍不住把背上的帽子戴了起来。不是因为马蜂，而是因为声音实在太响了。但这只马蜂，却仿佛完全没有听到我们的尖叫声，依旧优哉游哉地飞舞，一会儿停在灯上，一会儿在风扇上盘旋，害得大家惊慌失措，我们的声波开关仿佛装在了马蜂的翅膀上，教室掀起了一场马蜂效应。小贺同学终于忍不住了，他拿起课本，脚蹬课桌，疯狂地挥舞着手中的书，边挥边喊："赶紧从我们的教室里滚出去！"尽管此时的他看起来有点像英雄，可我还是听出他的声音有点发颤。"小心点，赶紧下来，注意安全！"沈老师大呼道，可是声音很快就被同学们的尖叫声淹没了。大家完全没有注意到正在竭力维护秩序的沈老师，心思完全被马蜂带跑了。"安静！安静！赶紧回到座位上！"平时见到沈老师都要躲着走的同学，此时也完全无视沈老师的指令了。我看到向来镇定自如的沈老师放在讲桌上的手，指尖微微有些颤抖。

终于那只马蜂像是飞累了，就停在屋顶的墙角线上不动了，小贺同学又跃跃欲试，无奈马蜂停的位置太高了，他失败了。我们的声音终于渐渐变低了，沈老师维持秩序的声音总算被大家听见了，大家从尖叫转为低声的议论纷纷，有人说它是在产卵，有人说它是在休息，也有人说它是在建巢。我又偷偷瞄了沈老师一眼，她并没有再说什么，眼神已经充满了淡定，静静地看着大家讨论。过了一会儿，马蜂又飞了起来，碰了几次窗玻璃之后，总算飞出窗外，我们每个人都长长地舒了一口气。

"马蜂风波"总算是完结了，而此时沈老师的嘴角出现了一丝神秘的笑容，不用说，你们也都猜到了。没错，就是把这件事写成一篇作文。有这么好的素材，沈老师自然会让这节课变成一堂生动的作文课。于是，这篇文章就应运而生了。

（作者施哲航，杭州市文海实验学校）

大胃王——吴沁茗

许乙航

我们班里,有一位大名鼎鼎的大胃王——吴沁茗。他食量巨大。

他长得就像一个标准的吃货:圆圆的脸,圆圆的眼睛,圆圆的嘴巴,圆圆的肚子,圆圆的手,圆圆的脚,浑身上下一片圆滚滚的,活像一个大肉球。每当他笑起来时,那双圆圆的眼睛便不住地闪动着。每当他跑起步来,脸上的肉就一颤一颤,好像随时都会飞出来。而大肚皮更是上下抖动,真让人担心,下一刻就会从衬衫里滚出一个大肉球。

每天中午吃饭,那可是他大展身手的好机会,我刚好是和吴沁茗在同一张桌子上吃饭。我刚吃一半,天啊!吴沁茗竟然这么快就消灭了全部饭菜。瞧,他连最后几粒米饭也不放过,头埋在盘子里,小鸡啄米般,几下子就完成了光盘扫荡行动。紧接着,他便立马起身,操起长柄勺,这个菜桶打几勺,那个菜桶打几勺,过了好久,他又满载而归。这时候,吴沁茗的饭盘里已堆起了一座又一座的"珠穆朗玛峰"。正当我看得呆若木鸡时,他把嘴钻进一座座群山,眨眼间直冲云霄的"珠穆朗玛峰"便以肉眼可见的速度变成高原，变成盆地……他风残云暴地扫荡了最后一点饭粒，又意犹未尽地去打了一碗汤。拿着汤碗，一阵痛饮。连碗里的小渣渣，他也不肯放过，还伸出舌头舔好久。吃完了，才心满意足地摸了摸自己的嘴巴，拍了拍自己圆圆的大肚皮，走了。

这，就是我们班的大胃王。

（作者许乙航，杭州市文海实验学校）

桂花树

张其然

在我家门口，有一棵桂花树，那棵桂花树给我留下了许多记忆。

每每阴历八月，桂花飘香，丝丝缕缕，浮于空中，沁人心脾。小朋友们在桂花树下玩耍，欢声笑语。有时候妈妈会拿张纸铺在地下，收集落下的桂花，然后拿回家中做桂花圆子羹。那淡淡的花香，让一碗普通的圆子羹分外甜滋滋、香喷喷。这些记忆让人幸福，却朦朦胧胧。有件关于桂花树的记忆令我记忆犹新！

那年我五岁，是一个下雨天……

一切都湿湿的，潮潮的。家中的气氛犹如这天气，缺少阳光。因为妈妈很快要出国访学了，我们要有一年见不到她了。我听见妈妈和爸爸说，要先坐公交车去黄龙体育中心，然后乘坐大巴去上海，再坐飞机去英国。公交站离我家不远，大概五六分钟的路程。妈妈坚持要自己去，可是雨越下越大，爸爸提出要送妈妈到公交车站，让我一个人在家里等一下，他送完妈妈很快就回来。我哭着也要去，可是雨实在太大了，只好同意了爸爸的要求。

　　门开了,爸爸撑着一把大雨伞,拎着行李箱走在前面。妈妈撑着一把小雨伞走在后面。我望着妈妈的背影,哭着朝妈妈喊:"妈妈,妈妈,我不要你走!"愈来愈难过的我,冲出了大门,冲向了雨中,雨太大了,我只好站在了桂花树下,再次朝妈妈哭喊,泪水夹杂着雨水,哗啦啦往下流。平日里妈妈最疼我了,从来都是我一喊她,她就会回应。可是这次,无论我怎么呼喊,妈妈的脚步貌似更快了,夺过了爸爸手里的行李箱,头也不回地越走越远。爸爸赶紧撑着大雨伞回来护着我,我们一起回了家。我依旧哭个不停,埋怨妈妈没有停下来跟我说再见。

　　妈妈走后的一年,桂花树下目送妈妈远去背影的画面多次出现在我的梦里,我不明白妈妈为什么那么"狠心"。

　　后来,妈妈回来了,把我搂在怀里,亲吻着我的脸颊,告诉我:妈妈那个时候其实心如刀绞,可是不能回头,因为一旦回头了,我们就都会更难过了。

　　再后来,等我十一岁时,我懂得了那"狠心的背影"其实充满了妈妈的爱,那爱如同桂花。桂花虽然小小的花苞,没有艳丽夺目,毫不张扬,却沁人心脾,让人留恋。

（作者张其然,杭州市文海实验学校）

掏鸡窝

周予同

我与堂弟挑扁担，
鸡窝洞里掏鸡蛋。
吓得鸡鸭乱成团，
啄得我俩到处窜。

掏鸡窝的乐趣，城里孩子们是体会不到的。所谓"掏"，就是从鸡窝里把母鸡生的蛋偷走，惊险刺激程度不亚于入虎穴取子一般。

今年过年回家，五岁的堂弟怂恿我们俩干一番大事——掏鸡窝。我摇了摇头，心想："掏鸡窝有啥好玩的？小屁孩就是幼稚！"可我不答应，他就像蜜蜂一样围着我转来转去，无奈之下，我只好勉强答应了和他一起去掏鸡窝。

奶奶家养鸡鸭的棚子，像个"小矮人"一样"趴"在院子旁边，高130厘米左右，我弯弯腰勉强可以进去。棚子不大，五六个平方米，塞下了三四十只鸡鸭，可见何等拥挤，此时还要挤进去我们两个人！进了棚子，漆黑一片，只能感觉到一团团黑影在我们面前，唯一可以透光的，是栅栏上的一点小铁缝。更为糟糕的是，鸡鸭很不讲卫生，大小便直接拉到地上，弄不好就会踩一脚。我此时窝在这伸手不见五指、臭气熏天的鸡棚里，真是肠子都悔青了，早知道就不该答应堂弟来掏什么鸡窝了！

可堂弟依然兴致勃勃，看见鸡鸭就大呼小叫，直呼"万岁"。他的目光一下子落在一只正在下蛋的母鸡身上。只见那母鸡端坐在窝上，像是庙里念经的和尚。他欣喜若狂，大喊几声，以迅雷不及掩耳之势飞快冲去，麻利地伸出双手，一下子抱住老母鸡，双手一钩，向右一挪，把老母鸡拖出了鸡窝。堂弟高兴地搓搓手，不怀好意地朝那老母鸡冷笑了两声，伸手就去取鸡蛋。那老母鸡也不是吃素的，看见堂弟要掏自己的老巢，气得"面红耳赤"，咯咯乱叫，摇摇晃晃地站起来，猛地用尖嘴向堂弟发起了攻击。幸好堂弟反应快，要不然至少得啄个皮破血流。这下他彻底被激怒了，火冒三丈，操起地上的木棍在空中乱挥乱舞，嘴里阴阳怪气地"咿咿呀呀"乱叫，仿佛在说："喂，注意点，小心棍子！"那老母鸡吓呆了，傻头傻脑地与堂弟撞了个满怀。堂弟愤怒地把脚一甩，老母鸡摔了个狗啃泥。它吃了教训，心生胆怯，跌跌撞撞连滚带爬地跑向铁栅门，一股脑儿地往外撞，非要把自己撞得头破血流不可。

我一看大事不妙，一个箭步冲过去，把门挡住。老母鸡仍不死心，用尖利的嘴没目标地乱啄，仿佛一定要离开这片恐怖的人间地狱。我的脚被它啄得挑起了"华尔兹"，不停地躲闪着。这些巨响很快引起了其它鸡鸭的注意。它们顿时焦躁不安，四处乱窜，鸭嘴、鸡嘴到处乱啄。有的往栅栏上撞，有的朝鸭房里窜，有的向角落里躲，还有的"唯恐天下不乱"用力扑闪翅膀，想飞上屋顶。一时间这个棚子里羽毛飞散，"嘎嘎"声、"咯咯"声、"喔喔"声，你方唱罢我登场，响成一片，真像一首冬日的交响曲。堂弟实在看不下去这"鸡山鸭海""鸡飞鸭跳"的场面了,拿起木棍把栅门给顶开了。随着"嘎吱"一声,平房里一下子亮堂许多。那些鸡鸭这回都胆怯了,犹如老鼠见了猫似的挤到一角。有些个胆大点的,东看看,西瞧瞧,确认没有危险之后,便小心翼翼地向栅门口移去。到了门口,它们又停住了,面面相觑,犹豫不决。堂弟认为这纯粹就是浪费时间,拿起木棍,啪的一声抽在鸭子屁股上。那些可怜蛋们疼得惨叫一声,被硬生生地拱出了栅门。这一招简直就是杀鸡给猴看,别的鸡鸭也怯怯地一个个出了栅门。出了小平房,鸡鸭们发现自己简直来到了天堂:这里有遍地可口的青菜,运气好啄到虫子的话还可以吃个大餐,不用再吞食那些散发恶臭的剩菜剩饭;有柔软舒适的草堆,不用再躺在阴冷潮湿的泥石板上;有无拘无束的自由生活,不用在那狭小的棚子里饱受折磨。不一会儿,奶奶家的菜园子就面目全非,而仍在棚子里的我和堂弟手里的鸡鸭蛋都装不下了……

　　直到现在,我看到那一颗颗粉色的鸡蛋,思绪就不由得飞到了那一次惊心动魄的"掏鸡窝"……

（作者周予同,杭州市文海实验学校,指导老师钱奉励）

妈妈的童年趣事

朱逸舒

我的妈妈从小到大都是非常懂事的孩子，学习也很优秀，中考时语文还是富阳区第二名呢。她最会写文章，已经发表了好几百篇。她还做主持人，我跟着她去参加了好多诗会。我最喜欢的是她在钟书阁主持的那一次，因为那家书店实在是太好看了。

妈妈这么厉害，可是小时候还是有很多糗事。

那时候，外公他们在新沙岛上有许多稻田，新沙岛在富春江的中央，对岸的人都要坐渡船过去。外公他们去干活，为了节约时间，中午就不回去吃饭了。妈妈和舅舅等家人做好饭，就要坐船去给他们送饭，饭和菜是放在竹篮里了。可是妈妈他们在半路追逐打闹的时候，把两个碗给打破了。他们担心挨骂，于是船到了江心，就把碎片扔进了富春江里。

吃中饭的时候，外公问怎么少了两个碗，妈妈和舅舅都不敢说，外公就以为他们数错了。到了傍晚，外公他们坐船回去。因为已经退潮了，江水特别浅，沙滩都露了出来。船开不过去，就让所有的乘客从沙滩那里走，减轻船身重量。船在浅水里慢慢划过去。忽然外公看到一些碎片，怕割到脚，特意捡起来，觉得眼熟，定睛一看，这不是我家的碗吗？原来以前的碗底下都刻字，外公家的碗底有一个泉水的"泉"字，是外公的名字。外公一看就明白，是妈妈他们把碗打破了。外公觉得这只碗真是太神奇了，被扔到了富春江，还能再见一面。妈妈也惊呆了，原来真的不能说谎。

　　妈妈读初中的时候有一个科学老师姓张，因为长着满脸的大胡子，所以同学们给他起了个外号叫马克思。背后大家都叫他马克思，久而久之，几乎忘记了老师姓张。上课前妈妈在走廊上碰见张老师，脱口而出，竟然叫他马老师好。张老师愣了一下，然后笑笑走了。上科学课的时候，妈妈看着张老师的大胡子想到了尼亚加拉大瀑布。张老师喝水的时候，妈妈就想这些水要是沿着每一根胡子流下来，那该是多么壮观呀。就这样妈妈开始自顾自笑了起来。"来，这个问题你来回答！"忽然，张老师把妈妈叫了起来，让她回答问题。妈妈赶紧收住了笑，瞪大眼睛，看着老师，不知要回答什么问题。张老师把问题重复了一遍，问妈妈电灯的线路是串联还是并联？妈妈歪着脑袋想了一下说串联。全班同学立刻哄堂大笑起来。张老师说，如果是串联，那么你来试试。

　　妈妈给我讲的事情中，最搞笑的要属一次爆炸事件。那是一个冬天，妈妈要洗头，发现洗发膏倒不出来，就以为冻住了。于是她就把洗头膏放进锅，开始煮了起来，结果"砰"一声，洗发膏在锅里爆炸了。满屋子都是香味，外婆洗了半天都洗不干净锅子，也消除不了香味。妈妈应该是不知道热胀冷缩的道理吧。

　　我觉得妈妈的童年比爸爸的童年有趣多了，爸爸几乎都是干坏事的，妈妈好歹还会动动脑筋。

（作者朱逸舒，杭州富阳区富春第七小学，指导老师陈晓英）

老钱

陶塞渊

小学时光,我遇到了很多老师,几乎每个老师都对我很好,和颜悦色的。唯有一位老师,让我感觉很严厉,心里有点害怕,时常在心里想:是不是因为我成绩不好,所以老师并不爱我。

他就是我们班的钱老师,他教我们数学,背地里,我们都管他叫"老钱"。

老钱是三年级那年走进我们班的,之前两年,我们班的数学课先后有陆老师和陈老师,前两位老师整天笑眯眯的,与我们特别亲近。但老钱不一样,他一进教室,就给我们立规矩了。其中最重要的一项就是:必须随身携带草稿本,草稿本的式样也有规定,一格一格分开,一张 A4 纸上大约分成 16 格。我听了,心里很不以为然,草稿本而已,要这么讲究做什么?随便找一张纸,有空的地方可以写就行了。但老钱不行,这规矩定下了,就严格执行,时不时地检查我们的草稿本,我就被抓住过几次,挨了批。

直到六年级，老钱看不下去了，开学的时候，给我们每个同学发了一本草稿本。黄色的封面，整齐装订的页面，我心里有点羞愧的感觉。我也渐渐明白，草稿本的重要性。我们现在六年级了，题目越来越难，常常一道题需要在草稿上反复计算和验算，才能得到一个正确的答案，如果什么都直接写到作业本或试卷上去，就会被划得很花。

现在，我的这本黄色封面的草稿本已经快写满了，看着它，我心里升起了一股暖意。想到老钱，耳边就会浮现他的那个大嗓门，这老钱发起火来，也是很疯狂的。有一次，我抄了同桌周妍吉的答案，被老钱的火眼金睛看出来了，他一把将我拎到了教室门口，让我反省一下。放学的时候，老钱把我叫到办公室里，一道一道耐心地把题讲给我听，最后问我："听懂了吗？不懂就问，下次不要再抄同学答案了。"我点点头，心里在想：老钱也不是那么凶嘛，他刚刚给我讲题的时候，比我爸爸要温柔很多呢。

是的，老钱不太爱笑，但前些天，我们去秋游野餐，大家起哄叫他唱歌，老钱没办法只好哼了两句，我们都哄堂大笑，老钱也跟着笑了。那一刻的他，很帅很帅。所以，我想对老钱说："钱老师，你要多笑笑。虽然看到学习这么差的我，你也笑不出来，但是，你给我的这些温暖，我都会珍藏。"

写到这里，我找到了答案，钱老师其实是爱我的。有你，我觉得真好。

（作者陶塞渊，杭州市天长小学）

第二辑 我们正在长大

我和你

吴杼骏

我住在浙江杭城,你住在四川山区。今年暑假我和伙伴跟随格桑与兰基金走进了四川省泸州市叙永县合营村,四小时飞机、五小时高速、一小时崎岖山路颠簸,见到了你——骆静及家人。

"你好!我很高兴认识你!"一句问候,开始了我和你三天的同食同宿同劳作故事。

我和你同住。你家三间土木结构平房。家具是一张圆桌和四条长凳,吃饭、写字、招待客人全是它。两张简陋床铺,没有衣柜,所有衣服用两条绳子分别挂在两边墙上。客厅的屋角有架21寸电视机,是最高档的家电。厨房是土灶头、大铁锅。没有卫生间,更不可能有淋浴房和马桶,要冲澡就在露天的鸡狗舍旁,用山上接下来的皮管子冲。如厕是紧挨着猪圈的一个有木板盖着的坑,好担心"臭臭"时若面对猪圈,猪嘴会吻到我,背对猪圈,猪会舔到屁股,好尴尬。

我和你同食。平时一日两餐，你告诉我，上学的日子早上起床不吃饭就上学，中下午放学才吃中晚饭。我们一起吃饭，每餐两个菜或加一汤，不是长豇豆茄子煮咸菜，就是长豇豆南瓜煮咸菜、炒连皮土豆或笋片炒咸菜，再是两小碗辣椒粉、酱油汤，没有油，更别提鱼和肉了。让我唯一可以下饭调味的就是辣椒粉、酱油汤，我每餐都用它下饭。你们只有在节假日可以吃上一口肉，就是灶头上方挂着的熏得黑乎乎无法辨认的咸猪肉。这是全家人一年的荤菜。我们是在最后的告别午餐尝到了烟熏咸肉。你和我同龄，还比我大几个月，但长得又矮又黑又瘦呢。

我和你同劳作。每天从早到晚你跟着父亲不停地干活。到山上砍柴，山路高低落差大，不能像我们这边挑担，而是用背篓背回家，烧火做饭、割草喂猪、农忙收割种地、挖土豆番薯、掰玉米脱粒。我很佩服你，这些活不仅会干，还干得非常熟练。你悄悄告诉我，你和爸爸是家里的男劳力，如果不做这些，全家人就得饿肚子，家里没有现金可以去购买东西。

这三天我跟着你学土灶生火做饭、砍柴、背竹篓、扛毛竹、打猪草、掰玉米、挖水池等农活，体验了我无法想象的艰苦生活。很苦很累，但我坚持下来了！我和你吃得香、睡得好、干得欢，我们成了形影不离的伙伴。在干活之余，我写日记、阅读、采摘山中五十种植物叶子，并做了五种叫得出学名的自然笔记，与你分享。你说暑假以前白天干晚上就看看电视、听大人聊天，现在知道还可以看书、写日记、运动，还可以识别不同植物，画树叶、花草、群山、天空……

临别前你悄悄告诉我，你也想考上大学，走出大山。我把学校历年发我的三百元奖学金送给你，你就能拿着我的奖学金去买书看！去买肉吃！祝愿你心想事成！明年，后年……有机会我还会来看你。

我和你三天的故事虽然短暂,而我们的友谊之树已经生根发芽。骆静,请告诉你的伙伴,我和崇文的小海燕们会牵挂你,让你的世界不再孤单,让你的冬日不再寒冷。

(作者吴杼骏,杭州崇文实验学校)

印度乘法口诀

吴缺

今天,我们的作文老师客串了一回数学老师,给我们出了一道"难题"——19×19。这可真"难"呀!我嘴巴向上一撇,微微一笑,小菜一碟嘛,直接列竖式,一下就做出来了。

"数学"老师毛老师又说了:"谁能说说你的方法?"不出半刻,好多同学都举起了手,有用乘法分配律的,有用凑整十的方法,当然最简单的莫过于列竖式了。

紧接着,这位"数学"老师又给我们下了"战帖",要跟我们比赛。我想:喊,我们人这么多,还怕不敌她一人?

为公平起见,老师找了一位同学来报题。第一题报出来了:"12×17",话音刚落,"204!"毛老师居然在报出后几秒就算完了。我心中诧异着,还没缓过神,毛老师又做完一道题。我赶紧用了最快的速度与毛老师竞争,但还是不敌她。我心想:毛老师和那个报题的同学串通好了吧!不然怎么会那么快?

"老师，老师，你是用什么方法算的？"我好奇地问着。毛老师微微一笑，转过身在黑板上写下了一串奇怪的算式：

19×19=？

先 19+9=28

然后 28×10=280

接着 9×9=81

最后 280+81=361

我一下子就懵了，这是……可答案分明是正确的。老师是猜的吧？我看着黑板上的算式，想来想去，这不像乘法分配律，也不像结合律的方法，到底是什么东东呀？左思右想，还是百思不得其解。

直到听到了老师的讲解才知道，这是"印度乘法口诀"的算法。看着四步的算式，其实很简单，把被乘数和乘数的个位数相加，再乘10，然后把两个数的个位数相乘，最后把两步答案相加就好了。马上再来试试：

13×17=？

（13+7）×10=200

200+3×7=221

我用竖式一验证，果然还是对了。我惊讶得连忙用手托住下巴，生怕它掉下来，不然的话，以后我可就没饭吃了。

这印度啊，是世界四大文明古国之一，还是当今发展最快的国家之一，尤其在航天、计算机软件等高科技工业方面，已经占据世界一席之位。看来，印度的发展那么快，一定是他们的数学很强吧！这次的课让我思绪万千，受到了很多启示。

（作者吴缺，浙江省衢州市柯城区荷花三路大成小学）

可爱的小金鱼

吴翰

我家养着五只小金鱼，一只叫"小黑"，一只叫"小红"，一只叫"白白"，一只叫"金金"，还有一只叫"大大"。它们是这个星期三来到我们家的，刚到我们家的时候可沉稳了，现在呢？可活泼了。

我把它们养在一个糖果塑料盒里，放在我的蓝色小桌子上。一眼看去，"小黑"是最引人注目的。它全身黑色，肚子圆溜溜的，就像它的小肚腩。"小黑"头上鼓着两只灯泡似的眼睛，身子后面拖着一条黑纱般的长尾巴，游来游去，可爱极了！"白白"虽然不是最引人注目的，但它是最漂亮的。它的尾巴和鱼鳍如同它的名字一样，都是白色的，鱼鳞金光闪闪，犹如一个亭亭玉立的小仙女。在这五只小金鱼中，"大大"属最大只了。它的身体橙红橙红的，眼睛黑黑的，边上带着一些白色。它的尾巴可长了，跟一块小橡皮差不多长。

每个星期的星期三和星期六，是我给小金鱼喂食的时间。周六早上，我刚把鱼食扔进水中，"金金"就如火箭似地冲上水面，一下子吞了两颗鱼食。而"红红"却很优哉,慢慢地游上水面,咬住一颗鱼食,一吞吃了一颗,然后又转身沉到水中央。后面的"大大"也发现了鱼食,就静悄悄地游到"白白"和"小黑"旁边,甩了甩尾巴,好像在跟它们说:"快跟我来,我发现食物了,要是被那贪吃的'金金'发现,肯定就没有我们的份了。"

到了晚上,我想去看下金鱼再去睡觉。忽然,我发现小金鱼们张着眼睛,一动不动地停在水里。"妈妈,妈妈!小金鱼都死了。"我可着急死了,赶紧叫来妈妈。妈妈看了笑着说:"傻孩子,它们是在睡觉呢,鱼是没有眼皮的,所以它们睡觉时眼睛是张开的。""哦,原来是这样啊。"我长长地舒了口气,今天晚上我又收获了一个新知识。

第二天,塑料盒里浮着一条条白色的鱼便,于是,我决定给小金鱼换水。我刚把水倒了一部分,"金金"用力地把尾巴一拍,腾空而起,跳出了塑料盒。好险!还好妈妈眼疾手快,急忙用手捏住它的尾巴,把它放回了塑料盒,"金金"可真是一个"淘气包"。

这就是我家的小金鱼,你们喜欢它们吗?

(作者吴翰,浙江省衢州市柯城区荷花三路大成小学)

背影

方亦央

我的爸爸是个警察,经常早出晚归。我是极其渴望他的陪伴的,因为他不像妈妈那么爱唠叨,每次做完作业以后还会给我看电视,也会想出各种好玩的游戏和我一起玩,夏天的时候只要有空他就会带我去游泳。他教游泳的方式也跟别人不一样,他只让我玩水,把硬币、泳镜,甚至是游泳馆的手环扔到泳池里,让我潜水去捞。有几次别人还误以为他是教练,想请他教别的小朋友。爸爸在家也会搞怪,有一次把我藏在洗衣机里,妈妈因为找不到我而发急了,才把我从里面抱出来。

今年因为新冠病毒肆虐,爸爸更加忙碌了。春节几乎没怎么回家,大年三十都在值班。眼看着我的生日越来越近了,我多想他能回家陪陪我啊!有几次晚上等得睡着了也没见到他。

2月4日立春,恰逢我生日,妈妈破天荒地让我戴着口罩到小区逛了一圈。我们回到家,打开门就看见客厅餐桌上放着一个我最爱吃的巧克力蛋糕,厨房里飘出饭菜的香味,紧接着爸爸瘦削的脸庞出现在我面前。"爸爸!"我一下子冲进他的怀里,用力把头在他的衣服上蹭啊蹭,"爸爸,你放假了么?是不是回来给我过生日啊?"

爸爸笑吟吟地点着头,两个黑黑的大眼圈透着疲惫。正当我们兴高采烈地吃着饭,爸爸的电话却响了。

爸爸接通了手机,站起身来,走到阳台上接了。对方说些什么我没有听清楚,只见爸爸一脸严肃,连着说了两句:"好!"我和妈妈都抬头看着他,只见他回过头来,轻轻地对我说:"宝贝,爸爸单位有任务,需要立刻赶回去,要连续封闭上班四十天。"我一时愣住了,不知道说什么才好。爸爸走近了我,一脸愧疚地在我的小脑瓜上轻轻地拍了拍……

转眼间爸爸已经换好了衣服,笔挺的警服,警帽上的国徽熠熠闪着光辉。爸爸蹲下身子,摸着我的头,说:"宝贝,在家要好好学习,出门戴口罩,勤洗手,听妈妈的话。"

他没有迟疑,转身向门口走去。等我缓过神来,急急跑到窗户边向下张望,爸爸已经走到了小区门口。他头也未回,步子很大,缭乱的风肆意地吹起了爸爸的一缕头发,我这才发现,爸爸的头发已经很长了,似乎许久没有理过了……

那一刻,我的眼睛热热的,不是因为爸爸没能陪我过生日,不是因为四十天见不到我亲爱的爸爸,而是我想到了新闻中的钟南山爷爷、李兰娟奶奶,他们的形象在我心目中是高大的,然而也是遥远的。而我亲眼见证了我的爸爸在万家团圆的日子,在灾难降临的时期,战斗在第一线。

此时此刻,在我写这篇作文的时候,我爸爸依然在上班,我只能从手机上看见他戴着口罩的照片,看见他穿着防护服的身影。我明白:他不仅仅是我的爸爸,更是一名警察、一名战士!我可以很骄傲地告诉所有人:在疫情来临时,逆行的天使中也有爸爸的背影……

(作者方亦央,杭州市实验外国语学校,指导教师高惠辉)

温柔的港湾

杨乐轩

都说家是温暖的港湾，是心灵的归宿，可是此时此刻，我却极度想逃离这个家……

最近几天不是阴雨连绵就是黑云压城，我的心情也被这糟糕的天气污染了。也许是长大了，有了自己的想法，我的脾气越来越暴躁，人也越来越叛逆了。这段日子我时常与父母发生"战争"，这一场一场的"战争"背后有时仅仅是为了一点儿小事。

前几天，寒假兴趣班刚刚结束，被学习压迫了数日的我迫不及待地拿起手机，想玩会儿足球游戏放松一下紧绷的神经。可还没玩多久，老妈就进来了——

"在玩手机？这么一大堆寒假作业放着不做，临开学了又要通宵达旦地补……"妈妈一开口就跟连珠炮似的，丝毫不准备给我反击的余地。

"我不是不做，我只是先放放……"

"又在玩足球游戏？"没等我说完，妈妈继续袭击，"看看你的视力有多差，再说了，在手机上练足球，你是开玩笑吗！"

"我就只玩一小会儿……"我哀求地望向妈妈。

"你什么时候连我的话都不听了？快点儿关掉手机去写作业！"不由分说便伸手来抢我的手机。

"我就这么一点爱好，你还要剥夺！"我也急了，从沙发上蹦了起来，"作业，作业，怎么只有作业？！"遏制不住情绪的我终于爆发了。于是，又一场"战争"爆发了。

都说家是温暖的港湾，是心灵的归宿，可是此时此刻，我却极度想逃离这个家，逃离妈妈。

连续几天，我心情低落，郁郁寡欢。其实我懂妈妈的用心，我知道她是为我好，只是我不喜欢她的方式，我不服气她的居高临下和说一不二。那几天，我对妈妈爱答不理，每每看到她热切又变失落的眼神，看到她欲说还休的嘴唇，我心中竟有一丝报复的快感。

就在今天上午，妈妈出门办事，我无意间来到妈妈房间，看到妈妈书桌上赫然放着一部手机——正是我玩游戏的那部！手机底下压着一本书——《读懂青春期男孩》。在好奇心的驱使下，我翻开书本，我看到了妈妈密密麻麻的圈画痕迹，她很细心地做着笔记，在一旁还写着感受。突然，一行文字映入我的眼帘，那是妈妈写的：

"一直想把最好的东西给儿子，少让儿子走弯路，却忽略了他内心的感受……"

我恍然一惊：原来妈妈一直在试着了解她的儿子，想起了过往，妈妈每次想跟我沟通时都被我拒之门外，多少次妈妈热切的眼神都被我用冷漠回绝了。我怪妈妈不理解我，原来是我压根就没给过她机会……想到这里，泪水湿了眼眶。

是啊，只有父母才会这样永远不计得失地爱着我们吧！抬头看看挂在墙壁上一家三口的合影，我心中不由得默念：家的的确确是最温暖的港湾，是心灵的归宿啊。

（作者杨乐轩，杭州市实验外国语学校，指导老师田欣欣）

四海为家

马晴紫

"宝贝,我们买了新房子,过几个月就搬过去住吧!"妈妈神情激动。

电闪雷鸣,山崩海啸。

"什么?要舍弃住了九年的家?里面都是我们满满的爱啊!我不搬!"妈妈被我这一声吼吓了一跳,显然她没想到我会说出此"大逆不道"的话。

"孟母三迁就是为了给孟子一个良好的学习生活环境啊……"

"可是……"

妈妈依然滔滔不绝。

我没有再多说什么,就想出门到外面呼吸口新鲜空气,让心情平复一下。

雨后的院子,格外沉闷,似一块热布捂在我的胸前。太阳光洒下来,我闭上眼睛,眼前猩红一片,让人醉醺醺的,眼泪慢慢消失,留下了两条泪痕。一阵风吹来,风很硬,很冰,吹得脸有些生疼。

深叹一口气,屋内阴嗖嗖的,站在屋外也能感受到寒冷,我瞧见了屋内的一幅字,让我回忆起了那个夏天的傍晚,荷香远溢,我赤着脚丫子,大口大口地喝着凉粥，丝丝滑滑，整天的疲惫似乎都一扫而光了。有个叔叔踱步而来，他是爸爸的朋友，爸爸想让他给我们提一幅字"物以类聚，人以群分"，当时的我无知，问叔叔为什么甘愿待在这个穷乡僻壤，我至今还能记得叔叔大笑，粗长油密的胡子扎得我痒痒的。

　　他头一仰，诗人似的蹦出几个字"有心书字，字中有心，便可四海为家"。

　　夏日的一幕幕像放电影似的萦绕在我心头，挥之不去。

　　月亮冉冉升起，繁星璀璨，我又想起了爸爸妈妈教我打篮球……一时间，似有人泼我一盆冷水，现在，我和妈妈在这个家，还存在爱吗？

　　好面子的我，脸变得通红，但不想去认错。

　　"宝贝啊……"

　　我扭过头去，不敢正视妈妈，一时间竟恼羞成怒了："你不哄我，我就一直不理你！"

　　"宝贝……"

　　妈妈肯定后悔莫及了！不知怎的，我心里不禁生出一份得意。

　　"你听着，搬家不是终点，而是人生路上的又一起点，可以把爱撒向沿途的风景！"电光火石间，我感受到一股强劲的力扯住我的衣袖，我站到了她的跟前。

　　我的脸红到了耳朵根，看着妈妈，眼角滑出几滴不自觉的泪，一阵风吹来，几根白发荡在空中，格外扎眼。妈妈把我拢入怀中，说的什么我也记不清了，只记得一句"爱在心底，是永恒的，怎么就不能四海为家呢？"

　　这件事已经过去很多年了，如今的我会自己写书法了，今天又是再一次搬家的第一天，我写道，"四海为家，勇往直前"！

（作者马晴紫，杭州市实验外国语学校，指导老师陈广雷）

柔软的地毯

王文泽

一

房间外面传来妈妈切菜、开水龙头的声音，还有爸爸听课的视频声音。

我躺在那块地毯上，玩着装彩虹糖的小罐子，舔着嘴中的金属牙套，回忆昨天吃的彩虹糖的甜味，静静地听着鸟叫声，装修声，狗叫声，汽车的刹车声、鸣笛声，享受着周末的阳光。

这块地毯是妈妈送给我的礼物，从她在小区里散步时认识的姐妹那里买来的。

地毯放在床边，只比我的身体长一些，比肩宽一些，我刚好可以躺在上面。在房间里，它显得很小，但我认为它很大，它是我的世界。

我喜欢趴在地毯上看电影，更喜欢坐在地毯上与同学视频通话，但好多次对方只说了一句"我在上补习班，晚点联系"就挂了。我有些不悦——为什么任何东西都要排满呢，就像这张地毯也有白色一样，不可以有一些留白吗?我们家就给了我很多留白的时间,而这小小的地毯就是我的自留地,也是我用来冥想的地方。

二

我和妈妈出去游玩赏春,无意间看到一辆自行车的篓子里有一个自拍杆,等了好久也没人来拿,于是我们就把它带回家了。

我欣然地把这件事情讲给父亲听,可没想到他认为我们母子俩不应该这样做,应该找到它的主人,于是就把我说了一通。

"难道你们不知道什么是拾金不昧吗?"他眉头紧皱,用手指着我,声音比平时大很多。

我很难过,也很愧疚。越想越委屈,我在那边都等过失主了,并且我已经意识到错了,他为什么还要骂我?我爬在地毯上,鼻子一酸,泪水从眼角流了出来,滴在地毯上,没有嘀嗒的声音,就像我现在的内心所想,又有谁知道。

"好了好了,我知道你知道错了,下次不要再这样了。"父亲看到我在哭泣,心软了下来,想安慰一下我,于是就拿起 Pad 走了过来。他给我递了一张餐巾纸,打开了一部喜剧电影。

我们一起坐在那张地毯上,虽然有点挤,但是很暖和。我们笑得开心极了,我不再继续生气,就好像雨过天晴了一样。

这时我感觉这张毯子好柔软,可以治愈一切,只要坐在上面就会让我的心情变好。

三

地毯上面有红、蓝、白三色,中间是一个美国队长的盾牌,旁边有一些五角星花纹,很漫威,我盯着它看时就会想象着英雄之间发生的一个个故事。

有时,我与朋友一起盘坐在上面下棋,托着下巴,就好像下棋的高手,或者喝着饮料,畅谈一番。有时,我和妈妈一起坐在上面阅读,讨论书中的内容,想象描写的画面。有时,我和爸爸一起讨论生活中发生的故事,临时出个题目,较量较量谁写得好。有时,我在家里没有什么事可干,就坐在地毯上,用手拨弄,往右的时候,它的颜色变深,往左的时候,颜色又变浅,就像一块画板。

四

"他怎么能这样?为什么说撤就撤了?没有功劳我好歹有苦劳呀!"我把书包甩在沙发上,跳到毯子上。闭上眼睛,捂着脸。

上周五在没有任何征兆的情况下,我班长的职位被撤掉了。我根本没有心思写作业,想找件事情来平复一下心情。

捡起丢在地毯上的 Pad,打开。好像地毯有预见的魔力,Pad 里面跳出《曼德拉》这部电影。这是一部关于坐过牢的黑人,出狱后当选总统的电影。看完之后,我突然觉得要像他一样宽容别人和自己,比起他的经历,我这件事情好像根本不值得一提。我的悲伤立刻化为乌有。我躺在地毯上,两手插头,回忆着电影的情节,思考着我的人生,不知不觉睡了一觉。

醒来时,神清气爽。

"即使不当班长,我也要默默为班级做贡献。"我撕下一张便签条写上这句话,把它藏在地毯下。

又要去学校了,我拉着行李箱,准备出门,我的房间突然传来吸尘器的声音。完了,我的小秘密要被发现了……

(作者王文泽,杭州市实验外国语学校,指导老师陈广雷)

"鸟巢"

官沐晨

朱自清先生最不能忘记的是他父亲的"背影",每当看到父亲的背影混进茫茫人海中时,他总会热泪盈眶。这幅父爱如山的画面最近也萦绕我的脑际,因为我也时常看到我父亲的背影,但却别有一番滋味。

我的父亲是一名警察,他穿警服的样子特别帅。可他工作特别忙,经常一连几天见不到他的人影。节假日几乎没休息,就连过年也很少跟我们一起吃一顿完整的年夜饭。真是别人忙的时候他很忙,别人闲的时候他更忙。妈妈说除了我出生的时候爸爸曾经在家照顾我两天,之后很少在家休息,从小体弱多病的我都是妈妈和姥姥照顾。我快乐了,是妈妈跟我一起分享;我开心了,是弟弟跟我一起品尝;我眼中的爸爸除了工作就是工作,我觉得爸爸不爱我,爸爸的心离我很远很远,我对这样的爸爸非常不满意,但是爸爸两次离开家关上门的背影却让我别样滋味上心头。

去年暑假,妈妈为了给我更好的教育环境,带我到杭州来生活。这样一来,我离爸爸更远了。刚到杭州的前两周,爸爸周末抽空来看看我,带我吃好吃的、玩好玩的，帮我改善枯燥的生活。没想到来了杭州，爸爸更有时间陪我了，我心里简直乐开了花。可就在他来的第二个周末，刚和我做完奥数题，一个电话打了过来，还没等挂断电话爸爸就转过头来告诉我："爸爸要回家了，单位有紧急任务，我得回去工作了。"我非常伤心，爸爸每周才来一次，马上要走，我的鼻子一阵酸痛，眼泪像雨点般落了下来，爸爸搂着我说："下一周给你带好吃的，不哭不哭。"我说："我不要好吃的，我要你下一周快一点儿来。"爸爸点点头，匆匆地走了，连亲亲我、说再见的时间都没有。望着爸爸那远去的背影，刹那间仿佛四周凝固了一般，我恨死了爸爸的手机，盼望周末快点来到，虽然我知道那是不可能的事！

　　终于放寒假了，我和妈妈从杭州回到家，我想我们一家人分别半年了，这次过年爸爸怎么也得陪我几天吧？可是新冠肺炎席卷了全国各地，我的爸爸又不能回家。每当在电视新闻里看到我们市里也有病患，并且路上全是执勤警察的时候，我都特别担心他，我每次打电话爸爸都是在忙、在工作、在值班。大年初四的晚上，爸爸竟然破天荒地回来了，我顾不得爸爸身上有没有病菌，就扑到爸爸身上，想仔细看看爸爸。爸爸搂着我，笑着叫我"小胖牛"，我竟然哭了，我多想说，爸爸，你休息休息吧，爸爸，你可不可以不去那么危险的地方上班？然而，爸爸匆匆地吃完饭又去工作了。我跟弟弟都哭着、闹着坚决不让爸爸走，只有妈妈给爸爸递过了口罩，把我跟弟弟从爸爸身边拉走，爸爸就这样，又留给我们一个决然的背影，霎时我的心五味杂陈。我哭着问妈妈："那么危险，爸爸为什么还要去？我不想让爸爸去！"妈妈抱着我说："宝贝，别哭，我们要让爸爸安心地去工作，爸爸爱你跟弟弟，可是爸爸有太多人要去保护，爸爸也有太多我们不了解的责任，如果爱爸爸，就让爸爸放心安心地工作！"我好似懂了点点头。

无意中看到这样一句话,"哪有什么岁月静好,分明是有人替你负重前行"。爸爸坚定决然的背影凝聚在我心头。

(作者宫沐晨,杭州市实验外国语学校,指导师刘培培)

龙井峡漂流记

钱奕冰

今年暑假骄阳似火,太阳炙烤着大地,杭州就像个蒸笼一样。爸爸老早就说要带我去临安山里面的龙井峡,享受一下夏日溪水的清凉。听爸爸说龙井峡漂流很刺激,会浑身湿透呢!我心里非常期待,一天,两天,三天……终于迎来了这次漂流。

今天一大早,我们终于出发了!

龙井峡景区位于临安浙西大峡谷附近,我们开了两小时的车才到目的地。为了早点去漂流,我们一吃好中饭,就坐着景区的漂流专用中巴前往上游水库。到了地点,我们穿上救生衣,戴上头盔,排队等待上橡皮筏。大家伙互相打量着,戴上头盔的样子都有趣极了!

向前望去,小河像一条碧绿的玉带流淌在山间,时不时传来嬉笑尖叫声。我听得心里直痒痒,恨不得马上跳上橡皮筏。等了好一会才轮到我们,我迫不及待地跳了上去,爸爸也跟着坐了上来。我还没有准备好,橡皮筏一下就从滑道冲了下去,哇,就像过山车一样,我的小心脏也跟着提起来又落下去。这时，突然涌上一个大浪，顿时将我和爸爸浇得浑身湿透，爸爸看着我狼狈的样子哈哈大笑起来。

橡皮筏沿着波涛汹涌的河道一路旋转向下，转得我头晕目眩，好像掉进了万花筒里。我紧紧地抓住橡皮筏两端的扶手，一刻也不敢放手。橡皮筏像一匹脱缰的野马狂奔起来，一会儿冲上顶点，一会儿落入低谷，而两侧河道激起的浪花不断涌进筏内，渐渐的，橡皮筏里的水漫过我的腰了。

这时候，爸爸拿起了水瓢开始往外舀水，我也定下心来拿起水瓢来帮忙。我们还没来得及把水全舀出来，河道一个转弯，橡皮筏就进入了一片宽阔的水域，这里已经汇集了几十只橡皮筏。只见皮筏上空水花飞溅，耳边传来一片欢声笑语，还夹杂着尖叫声，原来大家已经开始在这里打水仗了。

我们的橡皮筏快速冲入了群筏之中，顿时我们成了大家"袭击"的目标，"战争"一触即发。有人用水枪开战，有人用水瓢攻击，还有人居然拿了个脸盆装水朝我们泼来。我们急忙闪躲，同时也不甘示弱，拿起水瓢不停地向目标泼水，进行绝地反击。

现场一片混乱，空中水花大片飞舞，真是热闹极了。有的人戴上了防护眼镜，有的人居然打着伞，还有的人干脆用水瓢护着脸，任凭大家往身上泼水。有人偷袭得手后，正想张嘴大笑，不料远处一股水流疾驰而至，正中嘴巴，引得周围的人一阵哄笑。大家你来我往，乐此不疲，忘了年龄，忘了时间，每个人脸上都洋溢着笑容，好一片欢乐的海洋啊！

我们艰难地穿过水仗区域，橡皮筏又顺着河道向下流飘去。随着落差的加大，溪水越来越急，浪花越来越高，突然橡皮筏一个急转，一个巨浪扑面而来，我猝不及防，正中面门，鼻血都被打出来了。没等我擦掉鼻血，橡皮筏又从空中快速落下，我的脚隔着皮筏和水底的岩石狠狠撞了一下，皮都撞破了。还没来得及叫痛，橡皮筏又带着我冲向了下游。

整个漂流过程，大家都是一路尖叫、一路欢笑，等到了终点，嗓子都喊哑了，个个都像落汤鸡，狼狈不堪，但是人人脸上都洋溢着笑容。

真是又难忘又刺激的漂流啊！明年夏天我还要来这里漂流，并且带着妈妈一起来！

[作者钱奕冰，杭州市求是教育集团（总校）浙江大学附属小学，指导教师陈忱]

我战胜了"碎片"

褚陆毅

生活中,我们会与许多情绪不期而遇。在遇到困难时,会想要放弃;在面临黑暗时,会感到恐惧;在碰到低谷时,会感到失落。然而在遇到这些情绪时,我们需要用坚强的意志和顽强的毅力去战胜它们。在我的生活中,我战胜了一个特殊的对手——"碎片大队"。

在我一年级的时候,有一次我和花盆碎片的战争打响了。那一次云朵妹妹不小心把一个花盆打碎了,一开始我还以为是那些普普通通的花盆,便没有去理会。然而爸爸正要把花盆碎片给丢了的时候,我发现要丢的碎片是我最最喜欢的花盆。垃圾袋中的碎片对我使用了第一轮攻击——心理攻击。因为一方面它是我最爱的花盆,另一方面呢?是它现在已经"粉身碎骨"了。我心中小恶魔和小天使吵了起来:一个说"都碎了,没有用了",另一个说"那也不能丢掉,还能粘起来呢!"我想了想觉得小天使说得有道理,所以我接受了碎片发出的"挑战书"。碎片发起的第一轮攻击,我胜!它可别想逃脱到垃圾桶那个"逍遥之地"。

我把碎片带到了一个新的战场——阳台。在准备好剪刀和透明胶之后，大战一触即发。

我先在茫茫"碎片"中寻找底座的碎片，底座找好之后开始找其它部分的碎片。但是这个时候碎片对我发起了第二轮攻击——肉体攻击。碎片像拿着匕首一样划伤了我的手，细小的口子隐隐作痛。我将两个手指捏在一起，突然一下疼痛感强烈了起来，然而松开之后就好多了。碎片这些雕虫小技我可不放在眼里，一点疼痛算什么？"铁血男儿"不怕痛！碎片发起的第二轮攻击，我胜！

我接着开始拼装了起来，然而就在快要拼好的时候，花盆"哗啦啦"一下子全倒了，我心想：是不是这个花盆要拼一个粘一个呢？于是我又开始重新拼，并且开始粘。一边拼，一边粘，整个过程进行得有条不紊。可就在拼到第二层的时候，花盆又一次倒地不起。"难道这个花盆根本就没法复原了吗？"碎片对我展开了第三轮攻击——精神攻击。这次是碎片发起的大招，我气急败坏，望着眼前狼藉的战场，我的心似乎也跟这花盆一样碎了一地。我想要放弃了，为了一个区区几十元的花盆，真的值得吗？但是这时小天使又发话了："不要气馁，肯定能粘好的！"

我苦思冥想，突然想到了我的一位得力助手——502。这时我重整旗鼓，信心大增。第三轮攻击，我胜！还好有惊无险。我用502边拼边粘，没一会儿，就粘好了。我的手已经遍体鳞伤，但是我成功战胜了这个对手——"碎片大队"。

泰戈尔曾经说过："上天完全是为了坚强你的意志，才在道路上设下重重的障碍。"在组装花盆的过程中，碎片发起的一次次攻击便是重重的障碍，我以坚强的意志克服，最终战胜了碎片！

（作者褚陆毅，浙江大学华家池子弟小学，指导老师晶晶）

奇特的乒乓菊

邱郁然

我家有一个大大的露台，种满了各种各样的花！

一年四季，各种鲜花竞相绽放，香气扑鼻的水仙，艳丽似火的蟹爪兰，五颜六色的报春花，香气扑鼻的金银花，含羞待放的月季，蔚蓝似海的蓝雪……争奇斗艳，美得像一幅幅油画！

而我觉得，最特别的当属乒乓菊！

奇特的花期

乒乓菊的花期很特别，从8月起逐渐盛开，持续到10月，正是最炎热的时候！众花或凋垂或没精打采或休眠，唯它花开正当时！

奇特的造型

它的造型很特别！远远看过去，完全开放的花朵就像一个个圆鼓鼓的乒乓球，挤挤挨挨簇拥在一起。更神奇的是，同一个花盆里就有多种颜色：有的白如雪，有的红似火，有的绿如春，有的黄若金，还有的带着深深浅浅的紫，鲜艳欲滴，惹人喜爱！

凑近观察，一些含苞欲放的花朵像一个个小圆盘，扁扁的，正欲展不展地藏色一半、露色一半！

再仔细一看，就会发现有些乒乓菊几乎看不见花蕊，羞怯闭拢着，奇特而狭长的花瓣两侧略略卷起，像一艘艘轻舟，又像拇指姑娘的小床。它们微微合拢，又层层叠叠，紧紧包裹在一起，好像在羞涩地偷看，风一吹，又好像在轻轻跳舞！

乒乓菊的花语更是奇特！

奇特的花语

每次和妹妹吵架，我总忍不住抱怨："为什么要生两个，只有一个小孩该多好啊！"妈妈把我带到乒乓菊前，让我猜猜为什么她喜欢乒乓菊。我猜了很多，妈妈都说不对！最后她说，因为乒乓菊的花语是团团圆圆，幸福美满！

妈妈剪下一朵乒乓菊，我惊叫："哎呀，好像缺了颗大门牙！真丑！"妈妈说："你看，我们家每一个人都不可缺少！少一个，就像缺了角的乒乓菊，对不对？再少几个，你看看？"妈妈又连三剪下几朵花，原本美美的一株植物,瞬间坑坑洼洼！看着这盆残缺的乒乓菊,我好像明白了什么！

　　从此以后，每当和妹妹吵架，我都会不由自由地想起那盆剪得七零八落的乒乓菊，怒气就悄悄消散了！

　　乒乓菊真是有趣啊，不但造型清新别致，连花语都与众不同！

（作者邱郁然，浙江省安吉县第二小学，指导老师庄芸）

第二辑

我们依然少年

作家们
眼中的生活

成向阳的散文

成向阳

苹果的气味

一条青蛇样的水渠横亘在黄昏的苹果林与我之间,带青苔的石块是它可憎的鳞片。必须越过它,才可能抵达苹果树摇曳的枝头,长长地伸手,将果子的气味揽入怀中。

而要越过这条长长的暴露在苹果林看守者视野中的水渠,最好的方式,还是从水渠下的一条潮湿的涵洞里钻过去,以躲避那看守者和他饲养的黑狗。

每次缩身躲在水渠下,我总是带着掩不住的情绪——这片苹果林,我们大家的苹果林,被看守者在林子边上盖了一院青砖房子,变成了他私有的苹果林。

看守者并不只是一个人——那个村中的铁匠,在爷爷的戏班中,他总是敲大锣并出演提锤的花脸。他的三个儿子,他的父亲,他的狗,他的三条黄牛、两头骡子和一头母驴,他的时刻蒸腾着灼热火气的打铁炉子,他的挂在打铁房外墙上的一面破铜锣,都是苹果林的看守者。

而我要越过水渠,越过整个看守者家族,直抵苹果林下,从那棵离得最近的树上摘下苹果。

那棵树,因为处在苹果林的边缘,也成了拴狗的地方,同时也是铁匠父亲闭目养神的地方。那个走路时显得摇摇欲坠的老头,总是闭着眼睛躺在树下,作为一个曾经的牛倌,他已经太老了,且病恹恹的,但十米之外水渠的流水声、头顶树叶的翻动声似乎都逃不过他休憩中的耳目。不信,你只要从水渠上缘一露头,就会听见老头梦呓一般大喊一声——"哟,有贼汉!"

唯一的可乘之机就是黄昏将至的那一小会儿,那时铁匠一家和他们养的三条黄牛、两头骡子及一头驴都在山上的地里劳作,劳作完了他们还要放牧割草,而看家守院的老头,这时总会从躺椅上缓缓起身,解开狗链子,一手牵狗一手端起狗食盆回院子里给黑狗喂食。

这就是我们出击的时刻了。

钻过与水渠等宽的那个涵洞,弓身轻轻穿过一条堆满枯枝败叶的壕沟,飞快地一跃,就可以爬上沟沿,双手搂住那第一棵出现在头顶上的苹果树。

那应该是八月底的黄昏了,有山头上吹来的青草色的微风,有夕阳带挑逗意味的余光在翻动的枝叶间闪烁,而枝头的苹果,正以清新而不可轻易触犯的气味自上而下形成高贵的诱惑。我抱紧生有树瘤的老苹果树迅速攀岩而上,另外两个孩子紧跟着我也爬了上来。

在毫不犹豫的一瞬间,苹果树就以它摇曳的胸怀淹没了我们,像一种巨大的爱吞没它急迫的需求者。但就在我将第三个浑圆而气息香甜的青苹果纳入怀中的一瞬间,伸向第四只苹果的手还没有抵达,我的耳朵听到了满满的穿过枝枝叶叶而来的铜锣声,以及那一阵阵高亢而尖利的"贼汉,贼汉,捉贼汉"的喊叫。

那老年人扯破碎布一样的嘶喊声,让人皮肤发紧,汗毛倒竖。我脚下刚才还窸窸窣窣的那两个孩子一瞬间就跳下树不见了,而我尚在犹豫中——那伸向第四只苹果的胳膊还不情愿缩回来,事实上,它在我的犹豫中又自作主张向着自己的目标坚定地前进了一寸,在触到苹果硬实而饱满的边缘的那一瞬,它驱动着手指猛扯了一下,而我的双脚,此刻仿佛已独立于身体之外,在一上一下独自探索着入地之门。

此刻,如果我的手脚所触皆为牢靠之地,如果我怀揣三只苹果,手携第四只苹果安稳落地,并一跃从水渠顶上飞过,落回我的伙伴群中,那就几近于英雄的诞生了。

可惜,这样的事并没有发生。微微露头的英雄迅速被卡在了他的硬壳之中。

那一阵阵因铜锣震荡而辐射向四方的声波抵达时,苹果树迅速吸收了这金属高密度的声浪。它变得强硬而邪恶起来。我扯住的第四只苹果所在的细枝并不像它看上去那么脆弱,它强韧地把我往回挽留了一下,又在一弹中向前猛然一推,而我的左脚仿佛配合一般,瞬间踩脱了那个突出的树瘤。最终的恶果就是,我扯着一根折断的苹果枝的末梢,失足从六米高的枝头跌落下来。

我听见自己清晰地"啊——"了一声,那啊的一声是如此短促,却又那般悠长,以至于我的耳边一直荡漾着它的回声。耳朵里嗡嗡响着,短暂地昏迷了那么一刻钟,侧躺在那些如此幸运地堆积在树下的积年的枯枝败叶上——我凄惨的坠落像一块巨石一样破坏了它们在时间深处静静修养而成的完整性,它们以一片瞬间升腾而起的烟尘予以拒绝,但最终还是以碎裂般的怜悯接纳了我的重压。咯吱咯吱的，它们发出脆响，像埋怨，又像哀怜。

清醒时我已经身在水渠之外，我不知道自己是怎样在两个比我大一些的孩子的夹持下穿过那段狭隘的涵洞，又是怎样在他们小心翼翼又毛毛糙糙的摆弄中从昏迷中清醒过来的。但我终于听清了年纪最大的那个孩子对着我耳朵喊叫的一句话，它是如此印象深刻，以至在时间里慢慢长成了我耳廓上的一颗小痣。

他喊："来来来，你快举起这条胳膊来，摸摸你这一面儿的耳朵。"

说完，他抬起自己的右臂，环绕过后脑揪住了他自己的左耳朵，狠狠翻扯了两下后，又喊："就这样，摸耳朵，很简单的。"

见我不动，他就伸手抓住了我软绵绵下垂的右臂，猛地往上一抬。我立即啊呀尖叫了起来。另外一个孩子这时凑过来出主意，说你不能这么抬，你得使劲抱住他，慢慢往上抬。

于是他们就立即扑过来抱住我，最大的那个孩子狠狠提了提裤子，像要给我戴手铐一样捉住了我的右臂，然后举重一般向上抬了一寸，在我的尖叫声中，他又龇牙咧嘴地向上抬了一次，又一次……直到那牵着狗、提着铜锣的老头，忽然神采奕奕地现身在水渠顶上。

老头堂而皇之猛筛了一响铜锣，四野为之震荡，群小不禁失色。十来只苹果一下子咕噜噜从虚掩的怀中滚落在地。

但在那一刻，孩子们没有一个逃跑，而是围过来把我挡在了身后，好像要掩护一个垂危的英雄一般。

老头从水渠上下来，用一根手指一个一个拨拉开那些面红耳赤的孩子，然后一双老眼定定地看住了我。让我吃惊的其实是，他掉牙的扁嘴，很快就准确地说出了我爷爷与我父亲的名字。然后他扭身朝最大的孩子喊:"伤天害理啊,小畜类!他这是把骨头跌戳了!赶紧,赶紧的,去河滩找跑大车的掌柜给他捏上。"

老头说完,费力地弯下腰,仿佛要伏地行走一般,把那些滚落在黄昏里的苹果一颗一颗捡了起来,装进他自己的衣兜。直起身体时,他扭回脸来看了看我,倾斜的嘴角抽搐着,牵动脑袋摇了几摇,然后慢慢扭身,牵上狗,颤颤地走进了水渠之后的一片黄昏之光。

那片巨大的夕阳送来的光芒,带着山的一部分侵入的阴影,吞没了我们童年的苹果。

而我并没有去河滩找跑骡马大车的掌柜接脱臼的胳膊。而是跟着我母亲回到了她的娘家,那里有一个善于摸骨的神婆老奶奶,她是我姥姥的邻居。

我抱着脱臼的肩膀在街巷里第一眼看到我母亲时,她正提着一只酱油瓶,四处喊着寻我去马场的杂货店里替她打一瓶酱油。

她就把空酱油瓶子搁到了马场杂货店的柜台上,牵着我那条完整的胳膊,连夜回了十里外的娘家。

神婆老奶奶的院子里也有一棵高大的苹果树。在接下来的整个秋假,我就坐在那棵苹果树下的小板凳上,抱着用一块红布吊起来的胳膊,日日仰看树上那一颗颗饱满的苹果。

它们的脸,一天比一天红了。

扁食记

正月初二,捏扁食。

忽然想起小时，院子里饭量小的一个姑娘，大年初一顿饭只食七个饺子，号称"七个扁扁饱"，一时引为院中笑谈。那时的过年，人皆肚大能食，遇吃扁食，必端大碗，非五六十个不能饱也。即使如我这样的小孩，一旦吃起猪肉萝卜馅儿扁食来，也一口气吃到三十个以上，被大人强行叫停了为止。在这样的背景衬托中，那位"七个饱"姑娘因少食而成为我们院中的异类，这也就非常自然了。

何况她那时其实已经成人，且生得甚美，瓜子脸，细腰肢，一副迎风摆柳的样子。但亦是能干，挑起水来，她单手叉了腰，另一手甩开，小碎步走得飞快，能一连挑五六担水不歇。她家女儿有六个之多，下面只一个与我同岁的弟弟，娇生惯养，除了善吃，其实是什么也不做的。

她过年扁食吃得那样少，未必不是让着她爱吃扁食的弟弟。

忽又想起小时，邻村有个与我同岁的孤儿也一样爱吃扁食。他父亲死了，母亲改嫁，他一个人留在村里顶门户。过年时，他母亲生了别的孩子，路远也顾不了他，同一个村的叔叔伯伯们也不管他。到了大年初一，他自己给自己捏扁食吃。却是没有任何馅儿，和面，用手拍个面皮儿，裹起一个面弹儿，认认真真包好，一个一个下锅，煮熟，和醋蘸了蒜泥来吃。

此事一时传为四乡美谈，大人在感叹之余，都说这孩子硬气，将来是要成事情的。但我表哥却说，这样的一大碗没馅儿扁食，那孩子吃着吃着，泪就掉碗里去了。

这孤儿，是我表哥的一个朋友。

小时在乡间，一到大年初一，中午必捏扁食来吃。捏扁食时，掌厨的一个女人站在面案前，边捏边煮，这边还没捏好下锅，那边不懂事的孩子和只知吃甩手饭的汉们便端着空碗围过来了。这样一顿扁食吃下来，真是会把女人的腰都累断的。累断了腰还不算，还极容易生满肚子的气。只因一顿饺子包到后面,肉馅儿常常便不够用了,掌厨包饺子的女人只能把剩余的一点点面团,拉一拉下锅,把扁食吃成面条。

这还是精利女人的做法,遇上不精利的,一个人捏,一个人煮,一回头锅里的汤汤水水便溢出来了,满灶台流,不由得想起剁馅儿是自己,擀皮儿是自己,一个一个捏起来是自己,连剥皮捣蒜也得是自己,那个汉子只知端碗傻吃,连个汤锅也不懂得照看。这样想着便气不打一处,非要撒出来才算,于是一只扁食扑通一声就扔进沸锅里,汤水跳起,把女人的一只手给咬了。

真真是,不会捏扁食的女人,将来是要跌进开水锅里的啊。

这样逢吃扁食必生气的事,在我家是每逢过年都会有一回两回的。好像生气与蘸蒜,都是吃扁食不可少的一般。只是,这样的气生了也白生,无济于事,年年照旧吃扁食,也照旧逢吃扁食即生气。直到孩子们都各自长大成家了,各自都站到案前去捏扁食,或者被另一个捏扁食的年轻女人怨愤去了。那当年的甩手汉子一个人端碗吃扁食没意思,才晃起一颗白头悻悻然站到厨间,握着一把汤勺杵在炉前看汤锅。时而把汤勺在锅底搅动几下,再用勺背把刚刚下锅的扁食们推上一推,大梦初醒一般地问:"咦,还不中呢?"

我母亲吃了这样的教训,就常做功课一般训导我们兄弟早早学会捏扁食。扁食捏会了,将来就可以不怕媳妇——她不给捏,你捏!似乎这样便万事大吉,可以永不生气。

乡间吃扁食而不生气的人家其实也有,无一例外都是男人会捏扁食的。这样的男人非但会捏扁食,还会剁馅儿,擀面皮儿,连带看汤锅,能一条龙把事情做下来。我母亲就常常夸我姥爷,说捏扁食捏得如何"圆得牢牢",肉馅儿剁得如何黏而好捏,吃起来又香,以此来刺激我当年什么都不做的父亲。

但不能以为扁食捏得好的汉们脾气就好。用我父亲的话反驳,我姥爷这好那好,就是脾气不好,动辄就要把我的姥姥"佛事起"。

"佛事起",这是乡间男人发狠时很凶的话了,那是要要命的。只是在我看来,姥爷非但不凶,且总是笑眯眯,每逢大年初二我们随同母亲回娘家,他总是把我们这些小孩子照顾得很好。他的扁食也确实捏得好,以至于我每年初二从姥姥家回来,都会程度不同地积食。

吃这一顿姥姥家的扁食却是不易。每年的大年初二,顺着一条通往河南的运煤公路从我家走五六里去姥姥家拜年,于儿时的我而言实乃畏途。那时候,回娘家要提人情,而所谓人情便是几篮子白面。十来斤白面满满盛在柳条编的圆篮里,白面上盖一张红纸,红纸上再遮一块红色的枕巾,就上路了。而这样沉甸甸的篮子绝非一个,而是三个四个,甚至更多。因除了姥姥家,还有几个舅家、太姥姥家,一一都要照顾到。

人情带得多了,就要挑担子,担子挑不了的,就得连篮子挎到胳膊上走一路。我那时八九岁,也要挎起个盛白面的篮子,跟上大人走。一路走一路生气,一生气就想骂天骂地,可不等张嘴,迎面风就吹得满脸生疼。那时候过年的天是真冷呀,沿路的杨树条子不停地在风中抖,公路上的煤灰在脚下窜来窜去,时而一跳便要跳进白面篮子里。这样走一路吃一路风到了姥姥家,扁食吃得多些也是理所应当的吧。何况,归途亦要出力,亦要吃一路的风尘。

只是有一年大年初二,我挎着沉甸甸一篮子白面,一路走却一路都没有生气。只因我突然发现,路上三三两两回娘家拜年的人里,有一个与我年纪相仿的小姑娘与我走的竟是同一条路。

她是空着手走,走得轻轻巧巧,穿的是一身红色的衣服,上衣毛茸茸的。她的脸非常好看，甚至比我们院子里的"七个扁扁"还要好看，是那种陌生的我所不熟悉的好看。我就一路走一路悄悄看她，想把她看熟，故竟不觉得累。尤其是走着看着，从大路拐上曲曲弯弯的小路，我才发现，我的姥姥家与她的姥姥家，竟是同一个村子的，不由心中大喜，心想明年来一定还能碰见。

但后来去姥姥家拜年的路上其实没有再碰见过她，于是连姥爷的扁食也不再觉得有多好吃。不过，等后来上了初中，她却在我的隔壁班里，依旧非常好看，但又不如那次拜年路上偷偷看着好看了。

那时我似乎已经知道女孩子的好看和扁食的好吃，都不是一个常量。那时我已确切知道，她是我们邻村的，她们村子里有一棵巨大的槲树。

1985 年的红果酒

生平头一次喝酒，是在六岁时，生平第一次醉酒，也正是六岁时的那一次。那一年，是 1985 年，改革开放风势正好呢！那一年，我的家乡山西晋城地区红果大丰收，到了正月时，整个地区的乡镇、街道、企业就自发兴起了"庆红果"游艺活动。也就是在正月十五前后，城区各街道及郊区各乡镇的文艺队伍要集中到城市里进行文艺大游行。用文艺的力量，夸夸我们的红果罐头，我们的红果酒、红果酱，以便给蒸蒸日上的红果经济鸣锣开道。

这在当年，是一件大事，而于一个乡村里尚未入学读书的孩子来说，这是一件天大的热闹。

恰好我爷爷、我爸爸都是村里（也相当于乡镇）的文艺骨干，所以我从头到尾，跟着大人参与了这次"庆红果"大游艺。我们村的文艺能人，也就是我爷爷，既是策划，也是导演，他灵机一动，就用两张竹篾席和几刀彩纸糊出了一对硕大的红果酒瓶，每只酒瓶都可以从底部钻进去一个成年汉子。这俩钻进酒瓶里的汉子富有象征意义，至少象征了一个地区男人们的喝酒风气。而这俩汉子一旦钻进大酒瓶开始走走跳跳，那一年的红果酒就像有了生命，可以昂首阔步走进千家万户了。

我爷爷说，既然是庆红果嘛，主角当然是红果酒，咱们村就从红果酒上做做文章。两个大酒瓶，动起来，舞起来，挑红果的小闺女们唱起来，我们的故事——就叫阔步向前的红果酒！

我们村"阔步向前的红果酒"，主要是围绕那一对大酒瓶进行。两个壮汉驱动着硕大的酒瓶在前开道，时而又舞回队伍中心，磕磕碰碰做出酒与酒的亲热状。二十四名乡村少女穿红挂绿，肩上挑着一根又细又长的扁担，扁担两头各挂一只红纸蒙面的大竹篮，红纸上面颤颤巍巍堆着一些纸糊出来的红果与绿叶。挑红果的少女们排开队形，跟着那两只颠颠倒倒移动中的大酒瓶，时而走成一个圆圈，时而又分为两边，个个都是眉眼生风，喜笑颜开。一个上党梆子戏里常见的小丑，俗称三花脸儿的男人扮成一个老年酒鬼，一只手执着白瓷酒壶，另只手捏着一只白瓷酒盅，蹦蹦跳跳，踉踉跄跄，边走边喝，边喝边唱，唱得高兴了，就跳进挑红果的队列里，伸手拍拍那两只红果酒瓶，嘴里念白："红果酒好啊红果酒好！红果酒喝起来就是好！"然后倒满一酒盅，仰脖一饮而尽。

正月十四，全市大游艺那一天，我们乡镇文艺队伍有个最出彩的瞬间，这个随着庆红果队列行进的酒鬼，一眼瞅见主席台上坐着一个外国人，准确说，那是一个黑皮肤的国际友人。天——这可是1985年的晋东南小城啊，一个外国人，是一个大稀罕。这个天赐的机会得赶紧上前抓住它！酒鬼灵机一动,立即精神百倍地扭起屁股,屁股连着身段儿一蹦三跳就来到了主席台前,但见他高高一扬手,白瓷酒壶里就"滋——"一声倾出一道鲜红的酒液,那酒液在空中划出一道漂亮的弧线,准确无比地跌进他另一只手举起来的白瓷酒盅里。酒鬼满脸堆笑,甜甜蜜蜜、恭恭敬敬地将这一盅酒献到了那黑皮肤的国际友人脸前,一边做出举杯喝酒的动作,一边饱含期待地对那国际友人不停地扬下巴。那意思就是说——兄弟,给个面子吧,你倒是快喝呀!

但那坐在主席台上的外国友人此刻还没反应过来。他低头看看面前盛满红果酒的酒盅,又抬头看看咿咿呀呀唱着念着的小丑,一时间竟不知道该如何是好。

这时,我们村里伴奏的八音会早已心领神会,立即跟上酒鬼的步伐与节奏,在他扭动上前与扬手献酒的整个过程中,铜锣、大鼓、铙钹、唢呐、二胡、笙箫、梆子都配合默契地演奏开来,汪汪汩汩,生生奏出一片喜洋洋来。音乐无国界,那黑皮肤的国际友人这时也终于懂了——敢情,这是要请喝酒啊,早说啊!他朝主席台两面左右一看,见领导们也是满目期待,于是一仰脖子,干了!

掌声四起,人群沸腾,而我,一个跟在鼓着腮帮子卖力吹唢呐的爸爸身边的小孩,却对那酒鬼手中白瓷酒壶里的红果酒生出浓酽的兴趣来。心想,这究竟是啥好东西啊,喝它的人竟然那么高兴,看着人喝它的人竟然更加高兴。那么我,是不是也得喝上它一壶!

没曾想,红果酒那么飞快地就奔我来啦!仅仅两天之后的正月十六,就遇上一个亲戚家的孩子"开锁"。晋东南乡村所谓的"开锁",也就是现在城市孩子们的十二岁成人礼!那个年代,乡村人家的孩子,尤其是长子,从一出生,就要从村里的神仙婆婆那里请回一把红布锁来,用红线绳或者红布条拴到脖子上。那象征着长命锁的红布包硬硬的，里面包着的是切成小段的桃枝、朱砂、香灰等等从神仙那里请回来的辟邪物。这长命锁，一直要挂到虚岁十三那一年。等到正月"开锁"那一天，像样的正经人家，是要大办酒席的。办酒席，把七姑姑八大姨以及朋友邻居们都请过来，吃，喝，但最主要的还是，请村里伺候神仙的斋公们诵经，帮带锁的孩子把锁给开了。一旦脖子上的锁开了，就意味着从此成人，可以喝酒吃肉野蛮生长去啦。但对于我们这些前来参加开锁礼的孩子们来说，仪式不重要，重要的是吃酒席！

晋东南乡村正月里的开锁酒席，当然是著名的长平水席了，八碗四盘——翡翠水白肉、小酥核桃肉、京糕天鹅蛋、大枣江米饭、水氽肉丸子、玉米扁豆汤、芥末粉皮汤……那年月，这些菜，别说用嘴吃，光用耳朵听一听，都能听出成串的哈喇子来。但那天我一上桌，迎面扑入眼帘的不是别的，正是两瓶红果酒。那酒瓶，除了大小体积悬殊之外，竟与我爷爷用竹篾席和彩纸糊出来的酒瓶大同小异，连商标上的小字都一样样的。当然，它们是玻璃的，曲面的玻璃折射着下午时分的阳光，隔着红色的酒液，一闪一闪全是诱惑。我一伸手就举起一瓶酒，对旁边满脸胡子的本家大伯说，"我——想喝这个"。本家大伯是个方圆三十里内出了名的酒鬼，比村里给黑皮肤国际友人敬酒的那个扮小丑的酒鬼厉害多了。他一听我的话，立即嘿嘿哈哈地大笑起来，想都没想就说："好啊好啊，我看着你喝，这可是你想都想不到的好东西，甜丝丝的，伯保你喝了还想喝。"说着他把酒瓶从我手里夺过来，往嘴里一塞，但见他腮帮子一使劲儿，噗一声就把瓶盖子吐到了地上。然后他手一翻，不知道又从哪里亮出一只白色的搪瓷缸子来。但他并没有往里倒酒，而是把搪瓷缸子轻轻放下，然后伸手操起空盘子里的一只瓷勺，往里面倒了一勺子红果酒，说，来，尝尝！

我虚虚地捏住勺子柄，有点紧张，远远地闻了闻，嗯，气味不错，果然是甜丝丝的，但有点说不出来的异样。于是把勺子拉近了，长长地伸出舌头，浅浅地舔了一下。嗯，果然，酸，甜，还有那么一点涩，但那一点点涩，却又像是长着钩子的，一瞬间就把舌头又钩了过去，然后嘴就大剌剌地派上用场了，咕嘟一声，小半勺子下去了，咕嘟又一声，一勺子酒顺着喉咙就下去了——那感觉，真是要比喝糖水痛快上百倍啊。抹抹嘴，既骄傲又期待地看看大伯，大伯两手一拍，说了一句："呀，从小看大，像个汉们，再来！"这下，就是咕嘟咕嘟咕嘟，一连声地把大半瓶红果酒倒进了那只搪瓷缸子。然后大伯手轻轻一推，说："孩，喝吧，真正的好东西呢！"

我就一口，一口，又一口，把这满满一搪瓷缸子红果酒喝了下去，边喝边想，这回喝了，下回还不知道什么时候呢！嗯，背过身去，赶快喝！别让他们看见过来和我抢。就这样，等我妈闻讯从堂屋的人堆里赶过来，那只盛满红果酒的搪瓷缸子已经见底了。我妈过来先朝我后脑勺上推了一把，大声斥道："屁大个东西还敢喝酒！"我一扭头，我妈就捧住了我的脸，叫着大伯的名字骂道："你这是灌了俺孩儿多少！"我的一只手仍举着搪瓷缸子，说："妈，我都喝完了，妈，我晕。"

那一顿丰盛的长平水席，我当然一口都没有吃上。在大半瓶子红果酒带来的晕眩中，1985年正月十六红红火火吃吃喝喝的那个下午，竟被我一觉便睡过去了。醒来的头一件事，就是看着满桌的空盘子，抱住那个还留在桌角上的搪瓷缸子哇哇哭了起来。哭着哭着，一股甜丝丝的酒的味道从缸子底飘了上来，袅袅绕绕，直入肺腑。我一愣，忽然就觉得，喝了那么多的红果酒，我其实不吃亏呀！那还哭啥！

作家名片

成向阳

　　成向阳，语文报社首席编辑，中国作家协会会员。作品散见《诗刊》《天涯》《散文》《青年文学》《青年作家》等众多刊物，部分作品被《中华文学选刊》《散文选刊》转载，入选各种年度选本。著有散文集《历史圈：我是达人》《青春诗经》《夜夜神》。

简儿的散文

简儿

奶糖记

小时候我们家造房子,吃上梁酒剩下一袋奶糖,被我妈藏了起来。我和弟弟翻箱倒柜找啊找,等有一天,我妈记起那袋奶糖时,已经被我和弟弟偷吃得所剩无几了。

那时候,奶糖还是个稀罕的东西,别说是奶糖了,就是一般的水果糖,平时也吃不到。杂货店的柜台上,摆着一只玻璃瓶,瓶子里装着五颜六色的水果糖,用花花绿绿的塑料纸包裹着。我和弟弟踮起脚尖,站在柜台旁,伸长着脖子,口水快要淌下来了。一分钱可以买两颗糖,若是口袋里碰巧有一分钱,正好一人一颗。

水果糖真好吃呀,甜甜的,酸酸的,吃到一半舍不得吃了,仍旧裹在塑料纸里。等到想吃的时候,再拿出来,那吃剩下的一半已经融化掉了。红红绿绿的塑料糖纸,洗干净,晒在太阳底下,熠熠闪着光。夹在书页里压平，蝉翼般透明、轻盈，那是童年可以炫耀的宝贝。

有一天，我们家来了一个陌生的叔叔，手里拎了一大包礼物。那个叔叔，戴着一副蛤蟆镜，穿着牛仔衣，看起来十分时髦。原来，那个叔叔是一个知青，下乡时受到过我爸的照顾。后来，那个叔叔返了城，特意回来感谢我爸。那个时候，交通十分不便利，从城里到乡下，每天只有两趟公交车。

黄昏的时候，我爸送那个叔叔回城里，大巴车来了，我爸伫立在站台上，使劲地冲那个叔叔挥手。那个叔叔说，金寿，你有空一定要来城里找我。我爸点点头。但是，我爸一次也没去找过那个叔叔。我爸觉得，人家落难时，不过顺手帮的忙，算不上恩情。既然那个叔叔现在已经是城里人了，那么人生的轨迹从此再无交集。

我清楚地记得，那个叔叔送的礼物里有一袋大白兔奶糖。淡蓝色的糖纸上，画了一只大白兔。那只大白兔，竖着长长的耳朵，仿佛要从糖纸上跳下来。那时候，大白兔奶糖是十分稀罕的，只有秀琴家吃得到。秀琴是街上的女人，嫁给了村子里的志寿。她的妹妹在上海。有一回，秀琴去看妹妹，回来后跟村子里的人说，上海有摩天高楼、柏油马路，还有小轿车，一溜烟跑来跑去。还有许多好吃的好玩的，都是我们所没有听过的见过的。

啊，我听了真是向往，心想，城市一定是个百宝箱，我长大了也要去城里，去上海。秀琴掏出一把大白兔奶糖分给我们。秀琴说话的腔调，阿拉阿拉的，有一点像上海人了。秀琴的房间，挂着淡绿色的窗帘，上面绘了一枝粉红的芍药。靠窗一张米白色的写字台。写字台上，放着一块玻璃。玻璃下压着照片。那是小镇照相馆里拍的——照片上的秀琴，戴一顶黑帽子，脸上蒙着白纱，很妩媚地笑着，看起来像一个大明星。

那时，黑白电视机播放《上海滩》，女孩子迷恋赵雅芝演的冯程程，男孩子迷恋周润发演的许文强。这么多年过去了，当年的赵雅芝，风姿依旧不减。发哥也已经变成了一个沧桑的大叔。那天，看到一则发哥的报道，说是发哥把一生演戏赚来的钱，都捐掉了，足足有56亿港元。发哥没有闹过绯闻。花甲之年，过大寿，发哥找了一个很不起眼的餐馆，没有邀请任何人，只有发嫂和他两人，还有发嫂送的一只小蛋糕。

电影里的明星老了，何况现实生活中的呢。当年的"女明星"秀琴，很多年前就搬到城里去了。搬家那天，村子里的男人都去了，回来说秀琴家的新房子，鸽子笼一样大，不过，里面有抽水马桶。

抽水马桶是个什么东西，村子里的人没见过。男人说，就是绳子一抽，撒的尿就从马桶里漏下去了。漏到哪里去了呢？女人们讶异。这个么，男人挠挠脑袋，也说不出个所以然。

我妈不许我们吃糖，尤其是大白兔奶糖，我们的小牙齿，一沾上大白兔奶糖就会蛀掉。有时一不小心，一颗摇摇欲坠的小牙齿，就黏在大白兔奶糖上了。我并拢双脚，踮起脚尖，把掉下来的小牙齿扔到房顶上。据说，这样长出来的牙齿才会整齐。我很怕会长一口歪歪扭扭的牙齿，多么丑陋。幸亏，长大以后，我的牙齿像贝壳一样整齐。

长大以后，爱臭美了，不吃大白兔奶糖了。当初多么稀罕的东西，后来只是寻常。大白兔奶糖也不再是稀罕之物，没有人在乎大白兔奶糖了。可是奇怪的是，几乎所有的小孩子都贪恋甜滋味。吃到甜，笑嘻嘻的。吃到酸，眉头皱成一团。女儿出生以后，我怕女儿蛀牙，把糖藏起来。女儿上幼儿园前，没吃过一颗糖，可是女儿上了幼儿园，有一天，有个小朋友送了女儿一颗大白兔奶糖。女儿回来告诉我，妈妈，原来世上还有这样好吃的东西呀。

于是女儿对大白兔奶糖一往情深，恨不得睡觉也抱一个奶糖罐子。

我只好把大白兔奶糖藏起来，女儿表现好，吃饭乖，作业按时完成，就奖励一颗大白兔奶糖。女儿的一颗乳牙，蛀了一个洞，嘶嘶地疼。去医院，医生沾了一点麻药，把她的小牙齿拔了下来。从此，女儿再也不敢吃糖了。

人生就是这样，好比一颗新牙长出来，势必要拔掉一颗旧牙。我长大了，母亲老了。女儿长大了，我也老了。

我已经很多年不吃大白兔奶糖了，不知道是不是因为年纪大了的缘故，对于甜味，已经起了腻。反而喜欢吃一点苦味的东西，比如，巧克力、茶和咖啡。那苦味在舌尖上轻轻一裹，回味过来的一点甜，也许这才是人生的滋味。

那天去超市，看到大白兔奶糖，买回来一看，糖纸上写了马大姐。那只兔子，变成了一匹小马，咧着舌头，biubiu朝你吐出爱心。剥开糖纸，往嘴里塞了一颗奶糖，仿佛不是记忆中的味道了。记忆中的奶糖，吃一颗，就让人欲罢不能。这世上恐怕再也没有能让我们吃了还想吃，欲罢不能的东西了吧。

想要的东西，都能轻而易举得到。所以失去了也不会觉得可惜。小时候的惜物之心，到了我们这一代已经荡然无存了。

现在，我的办公桌上，放了一个糖盒子，作为小朋友兑换积分的奖品。糖盒里有日本的巧克力，俄罗斯的太妃糖，还有玉米糖、牛皮糖、芝麻糖和大白兔奶糖。小朋友喜欢吃糖，兑到一颗糖，小白兔一样蹦蹦跳跳地走了。大概，只有小孩子，仍旧有这样纯粹和童稚的欢喜。

办公室有个90后的女孩子诗诗，从我的糖盒里掏了一把奶糖，说是冬天，吃上一颗大白兔奶糖，一颗心顿时甜滋滋的，仿佛没那么冷了。心情不好的时候，吃一颗大白兔奶糖，会觉得豁然开朗。

也许每个人，记忆中，都有一样食物，一个情结。譬如，大白兔之于我，紫砂壶之于你，绘画、文学之于他和她。

当我孤独、寂寞、感伤的时候，吃上一颗大白兔奶糖，予我许多慰藉。譬如这个冬日的下午，我独自一人，坐在咖啡店里，听一首怀旧的曲子，剥开一颗大白兔奶糖。那丝丝的甜意在舌尖上蔓延开来，慢慢的，一颗心，忽然变得舒缓了，柔软了，亦不觉得孤独、寂寞、哀愁和感伤了。

滚滚红尘，烟火俗世，亦变得可亲了起来。

一颗大白兔奶糖，甜蜜如恋人的吻。

我喜欢大白兔奶糖。有一次，去文君姐姐家，姐姐送了我一个糖罐，一大罐大白兔奶糖，还有两只景德镇带来的陶瓷小花瓶。姐姐难得与我们见一次面，每次见面，总是给我们带一份礼物，有时是一本书，有时是一个布包包。

有一次，和姐姐聊天。姐姐说，一个人，如果永远是个孩子，那是一件多么美好的事。只怕有一天早上醒来，你的心境，忽然到了中年，而你再也回不到从前的时光里去了。那些柔软、香甜、清淡、美好的滋味，你再也尝不出来了。

所以，不要抱怨自己永远长不大。如果到了白发苍苍的那一天，你依然还是一个小女孩，心中，仍有贪恋之物，世上，仍有眷恋之人，那是一件多么美好的事啊。

呵，到了白发苍苍的那一天，但愿我仍旧抱着一只糖罐。如果，你来我家做客，那么，就请你吃一颗大白兔奶糖吧，享受舌尖上蔓延开来的，那浓郁、温暖、甘甜、馨香的滋味。亲爱的，但愿你的人生也甜滋滋的，像一颗大白兔奶糖。

宝珠记

三年级的男孩,把我叫到走廊尽头,从口袋里掏出一串珠子,很神秘地说:"这是一串宝珠送给你……"

这串珠子,大大小小,扁的圆的,大的有纽扣那么大,小的只有米粒那么小,蓝白黄绿,颜色搭配得十分漂亮。只是串得略微紧了点儿,刚好能套进手腕里。

虽然,这只是一串用塑料做的珠子,可是藏了一颗珍贵的心。啊,这简直是我迄今为止收到的最珍贵的礼物了。

我喜欢宝珠呢。我的第一串珠子,是番薯藤做的,紫色的番薯藤,折成一段一段,挂在手链上、脖子上、耳朵上,长长地垂下来……那个爱臭美的小女孩,浑身"珠光宝气",笑嘻嘻地坐在轿子上。拜天地,入洞房……童年,天地间一切皆是宝物,皆为乐事。

有一阵,千亩荡畔有一户人家,养了许多河蚌,据说那些河蚌里面,都有一颗珍珠。细细的沙粒,嵌在河蚌的肉里,分泌出神奇的汁液,有一天,打开来时,竟然变成了一颗颗璀璨的珍珠。那个养河蚌的人,把珍珠挖出来,大的论颗卖,小的论斤。据说,把珍珠磨成粉,吃下去可以美容养颜。村子里的女人,纷纷跑去买珍珠,每个人脖子上都挂着一条珍珠项链。我妈也跑去买了一条,挂在脖子上,瞬间觉得自己是个贵妇人,走路也雄赳赳气昂昂起来了。

我趁我妈洗澡时,偷偷地把那串珍珠挂在了自己的脖子上,伫立在鸳鸯镜(我家五斗柜上有面镜子,画了一对鸳鸯)前仔细端详。啊,那个镜中人,黑漆漆的眸子,轻轻笼了雾,含了愁。

还有一阵,村子里流行绣花,在棉衬衣上、羊毛衫上绣一些珠花,那些珠子，五颜六色，大大小小，绣出一朵玫瑰、一朵芍药，好看极了。我从我妈的针线匣子里，偷了一把珠子出来，拿了一根红线，把珠子穿起来，挂在手腕上，打了个结。那是我人生拥有的第一串货真价实的手链。

每年春天，奶奶都要去灵隐寺烧香，穿着藏蓝色的斜襟布衫，背着一只大口袋。一群老太太，坐水荣叔的船，浩浩荡荡出发。我妈总要捎几个香火钱，奶奶呢，每次回来布袋子里总是装了一大袋东西：牛皮糖，水壶，还有一串项链。记得那串项链，奶白色的珠子，颗颗大小匀称、光滑，涂了一层荧光粉，底下有一个红宝石坠子，啊，菱形的红宝石，闪着夺目的光彩。项链后面，还有一个金色的搭襻，啪的一声，就扣上了。我细细的脖子上挂着那串项链，以为自己是倾国倾城的俏佳人。

有一次，我走在路上，看见一颗闪闪发光的东西。莫不是一颗夜明珠？我蹲下身去，把它捡了起来。那是一颗鸡蛋般大小、淡青色的石头，摸起来很光滑。果真是一颗夜明珠吗？我想，如果晚上会发光，那么一定就是一颗夜明珠了。到了晚上，我关了灯，啊，它果真发出了淡青色的光芒。呵，且慢，我仔细一看，那淡青色的光芒，是从窗子的缝隙里透出来的。原来，那不过是一片月光。我的夜明珠，不过只是一颗普通的石头罢了。

其实，我从来没有拥有过什么宝珠，顶多有一些水晶、玛瑙珠子。那串水晶珠子，是男朋友送的，那一年，刚谈恋爱，男朋友去了海南，回来时，给我带了一串水晶项链，放在一个淡粉色的盒子里。男朋友像变戏法似的打开盒子，一刹那，我的眼睛被一束炫目的光击中。

男朋友把水晶项链挂在我的脖子上，在我的脖子上轻轻吻了一下，顿时，犹如被电流击中，浑身酥酥麻麻的，那初恋的滋味，一辈子都忘不了。

现在，那串水晶项链，仍锁在保险柜里，每次打开保险柜，看见那个淡粉色的盒子，我的心仍旧暖暖的。啊，它已经被岁月磨白了，那一条水晶项链,也失去了昔日的光彩。可我总觉得,那光芒在记忆中永不磨灭。

那一条水晶珠子,由爱缀成,我后来再也没复收过这么甜蜜的礼物。

还有一串玛瑙,是有一次,去西塘,在一家名字叫花制作的小店里看见的。在看见的刹那,只觉似曾相识,取下来,轻轻套在手腕上,橘色的玛瑙,衬得手腕愈发雪白,舍不得取下来。那个店里的女主人说,这串珠子,看起来与你有缘呢。于是,遂把那串珠子买了下来。

也许世上的东西,冥冥中,都有着神奇的缘分。我的首饰盒里,装了几串珠子,皆是从不同的地方买回来的礼物,在看见的一刹那,就喜欢上了,万水千山地带回来。有时,戴上那串珠子,仿佛觉得,我把万水千山之外,那个人的情谊也带了回来。

我还有一串珠子,是用菩提子做的。有一个朋友,家里种了一株菩提树。起先也不知道这是菩提,等有一日,开了花,结了果,才晓得。朋友的母亲,爬上梯子采了一盆,用锥子一个个挖了洞,然后用红线穿起来,做了十串手链,分赠给众人。这一串菩提珠子,淡灰色,有着富丽的花纹。每一次,抚摸着光滑的珠子,有丝丝凉意,沁入心里。穿一袭布衣,手腕上戴一串菩提珠子,恍惚觉得自己是植物一样贞静的女子。

世上最金贵的珠子,大约是金子做的吧,本命年,买了一串金珠子,用红丝线串起来,用来辟邪。结果,才戴了两三天就掉了。看起来,我这个人与富贵无缘。

像我这样的手链控,买了丢,丢了买,算起来,买珠子的钱,可以买上一颗钻石了。但我宁可买一百串珠子,也舍不得买一颗钻石。我爱宝珠呢。

手上这一串珠子,是一串紫色的水晶,有一天逛街,伫立在玻璃柜台旁,看到那串紫水晶,就再也挪不动脚步了,目光也变得痴痴的。世上尚且有所爱之人，痴迷之物，多好啊。这一串紫水晶，戴得久了，有点松掉了，有一天，珠子散乱一地，于是我把珠子捡了起来，去珠宝柜台重新穿了一串。戴到手腕上，这才觉得心安。

也许宝珠，确实能够护佑一个人平安。记得有一年去青田，半路上，汽车忽然爆了胎，幸亏，手上带了一串佛珠，是寺庙里的住持送的，开过光。虽然车子爆了胎，一车人毫发无损，我想，大概是得到了那一串佛珠的护佑吧。

那天，听一个朋友说，在马路上遇见了一个五台山的僧人，送了他一串佛珠，朋友收下佛珠，说谢谢，僧人说，不必谢，你可以化缘。朋友问，那要给多少钱呢？僧人说，给钱就俗了。朋友说，哦，那我应该化多少缘呢？僧人说，随心，随缘，朋友摸出来50元。僧人说，凑个整数吧。朋友说，我只带了50元现金。僧人说，可以刷微信支付宝。于是，朋友掏出手机，微信又刷了50元。

回到家，朋友觉得这事有点蹊跷，一个五台山的和尚，怎么跑这么大老远？后来，另一个朋友，在另一座城市，也遇见了一个五台山的和尚，遭遇如出一辙。朋友这才疑心，那个化缘的和尚，未必是真和尚。

以僧人面目招摇撞骗，这才是令人唏嘘的吧。去寺庙，烧了香，师傅随手赠上一串佛珠，表示心意，这珠子，是沾了佛光的，能庇佑平安。若是为了钱财身外物，我想，那未必是一串能庇佑人平安的珠子了。

世上的宝珠，无论蒙了尘，纳了垢，它仍旧是一颗宝珠。是珠子总会发光的，一个人，内心如有光华，那么，无论穿粗布衣裳，吃粗茶淡饭，也掩饰不住腹里的诗书、身上的气质。并不因他今日穿了一件破衣裳，而变成了一个莽夫。相反，一个平庸、俗气的人，也并不因为他穿了一件华服，打扮得珠光宝气，而变成一个高雅、高贵的人。

宝贝记

朋友送了我一个首饰盒，木头做的，雕了富丽的花纹。打开来里面有一个隔层，好几个小格子，隔层底下还有一个宝匣子。

小时候，我也有过一只宝匣子。里面几乎藏了我所有的宝贝：弹珠、洋片、塑料糖纸、棺材板、纸飞机，还有路上捡来的小石子、破铜烂铁……总之，那宝匣子很快就堆满了宝贝。哎，我很早就明白了，贪婪是人类的天性。世上的宝贝实在太多了，如果贪婪无度，不要说那一个小小的宝匣子了，就是一座房子也不够。

洋片是用来斗的，有香烟壳子折成的，也有从杂货店花了一角钱买回来的彩色卡片，放在水泥板上，用力一拍，洋片翻转过来，即可赢得一张。运气好的时候，可以赢个三五张，运气坏起来，手掌拍得通红，还是把一叠洋片全都输掉了，只好怏怏不乐回家。

隔天再去玩玻璃弹珠，发誓要把昨日输洋片之仇给报回来。趴在泥地上把裤子弄得到处是泥巴，这才赢回来几颗红红绿绿的玻璃珠子，用两颗玻璃珠子换了一大叠洋片，兴高采烈地收到宝匣子里去。

那把弹弓，是外公用一茬老树的枝丫做的，又牢固又耐用，捡了楝树的果子当子弹，瞄准院子里的鸡、鸭、一具石磨、一只水缸、一个稻草垛。梨子成熟的季节，也曾瞄准隔壁爷爷院子里的梨树，想把梨树上的果子打下来，却不小心打碎了他的玻璃窗。隔壁爷爷站在院子里，跳着脚，恶狠狠骂了半天小兔崽子，可是那个小兔崽子，终究还是没敢站出来承认。

有一天，老师布置写作文《诚实的孩子》，一拨人齐刷刷地写，如何垂涎隔壁爷爷的梨子，结果打碎了隔壁爷爷的玻璃窗，隔壁爷爷跳着脚骂人，吓得躲了起来，可是转念一想，好孩子要敢于承认错误，于是主动登门向隔壁爷爷坦白认错,隔壁爷爷夸是个诚实的孩子。老师当场念作文,念了好几篇一式一样的,末了问,到底是谁打碎了玻璃窗?底下谁都不吭声。

老师把作文簿扔到地上,气急忙败坏道,夫子我怎么就教出了这么一群不诚实的孩子?

夫子姓陈,因口头禅之乎者也,故绰号夫子。夫子是我文学的启蒙老师,拜夫子的严厉所赐,我的作文十四岁就开始在报纸上发表。除了那篇《诚实的孩子》,夫子给我的作文簿上打的全是优。

那本作文簿,后来亦被我收在宝匣子里。光阴荏苒,作文簿已黯淡发黄,夫子的话却仍犹在耳畔:写字如其人,为文先为人。

至于宝匣子里的塑料糖纸,是把吃过的糖纸捡来,洗干净、晒干,再放在书本里压平,集成花花绿绿的一大叠。太阳底下,那塑料糖纸闪烁着炫目的光彩。

那时的我有个宏愿,要收集到世界上所有的塑料糖纸,为此我总是不辞辛劳地去村子里讨喜糖。有一次,在隔壁的杏村浜,遇见一个男同学。那个男同学的妈妈把喜糖塞到我手里,笑眯眯地说,丫头,长大以后给我儿子当媳妇好不好?

从此以后,我再也不四处游荡与闲逛了。我隐约觉得,那长大的一天,马上就要到来。

念小学五年级时,我在放学路上捡到一个宝贝。那是一块淡青色的石头,有一只鸭蛋那么大。我从来没见过这种颜色的石头,并且,它浑身圆滚滚滑溜溜的,像玉石一样闪闪发光。

这是一颗陨石么,还是一颗夜明珠呢。我四下张望了一下,路上一个人也没有。既然找不到它的主人,那这块石头当然就归我了。我兴冲冲把它捡回了家，放在宝匣子里。

这下，我算是拥有宝贝的人啦。我对弟弟吹嘘说，这是一颗陨石，来自一个神秘的星球，那个星球上的人喜欢收集伤疤，如果你有一个伤疤给他，他就会给你一个苹果。弟弟不久前摔了一跤，胳膊上有个大伤疤。他问我，姐姐，那这个伤疤外星人要不要？我说，等我去问下外星人再说吧。隔了一阵，我早把这件事情给忘掉了，弟弟又来问，我瞅了他一眼说，瞧，你的伤疤不是已经好了吗，那个外星人已经来过啦。那个外星人为什么不给我苹果？是不是被你偷吃啦？我只好支支吾吾胡乱搪塞过去。

过了几天，我又吹嘘，这是一颗来自东海龙宫的夜明珠，是东海龙王送给他最心爱的女儿小龙女的礼物。弟弟问，啥是夜明珠呢。我说，这个你也不晓得，夜明珠，顾名思义，当然就是夜里能发光的珠子。天黑的时候，我把夜明珠拿出来，黑漆漆的屋子里，果真它熠熠闪着光。

再仔细一瞧，却不过只是透过窗帘的一片月光罢了。

我捡到一颗夜明珠的事情，后来传得很远，邻近村子里的人都听说了。不过流传出去的版本是：青龙港某户人家的女儿捡到了一只金元宝。后来，那个女儿用那只金元宝换了一个大房子，一辆汽车，还有一个老公，住到城市里去了。

哈哈，村子里的人果然有丰富的想象力啊。

许多年以后，我在秦淮河畔夫子庙旁的小摊上，见到了"夜明珠"，淡青色，有一只鸭蛋那么大，十块钱一颗。我买了一颗带回家，放在书房的桌子上，当了我的镇宅之宝。

我的宝匣子里，后来陆续收过许多宝物。譬如，一枚香山的红叶。火红的叶片上，用淡蓝色墨水写了几句诗：

一重山，两重山，山远天高烟水寒，相思枫叶丹。

那是李后主的诗,被一个少年,写在了一枚树叶上,寄到了万水千山之外。那个十几岁的少年,以为"相思"两字,是世上最深情的告白了。

还有一封泛黄的信、一支派克笔、一串水晶项链、一个银手镯、一对珍珠耳环、一枚钻戒。这些都是我的宝贝,在它们身上,都有一段记忆,一个故事,可以允许我重温旧梦。

那天与一个朋友聊天。朋友是个收藏家,又是一个极简主义践行者。这不是两相矛盾么。朋友说,其实没有。他的屋子里,并无太多东西。客厅里没有沙发,厨房里没有炊具。清一色的白瓷砖、地板。门口摆了一个石头佛龛。屋子里,不过数十件藏品:黄花梨摆件、良渚的陶、青铜器。每天,他就与这些木头、石头、青铜器说说话。他不是占有它们的人,只是一个保管员,暂时保管它们一段时间罢了。他终究要比它们先离去。

所以,不必占有。只是欣赏就好了呢。

世上的宝贝,不过只是暂时储存在我们身边罢了。古画、珠宝、钻石、和氏璧……无论多么珍贵的宝贝,有一天也会易主。

舍不得的,终究有一天要舍得。离不开的,终究有一天会离开。人生到后来,不过是在做减法。终须有离别的一天,所以不必有痴心与执念。那些宝贝,不过是在有涯的时间里,暂时陪伴我们一程罢了。

柴陵郁禅师有一首诗:我有明珠一颗,久被尘劳关锁。今朝尘尽光生,照破山河万朵。

世上的人,其实都有一颗夜明珠。这一颗夜明珠,不过被世俗的欲望和利益蒙蔽了,蒙上了尘埃。有一天,轻轻拂去尘埃,尘沙尽去,珠光四射,遍照山河如万朵花开。

朋友在那些宝贝身上,观照自己,窥见万物。一颗心变得自在、安静、淡然、洒脱。

一颗心若真是安静下来了，所见之物，皆是好物。所遇之人，皆是好人。这安静并不是隐遁红尘，消极遁世，而是对世界仍怀有无尽的好奇心，发自肺腑的柔情和爱意。

这一颗心啊，有一天，终将拂去尘埃，去看见山川日月、星河宇宙。

蓝墨水记

我打翻了潘宇良的蓝墨水，并且把蓝墨水洒到了潘宇良的白袜子上。

那时，只有街上人穿白袜子。我的袜子是花的，脚趾上破了小洞。不只是袜子，我的布鞋也破了洞，简直羞死人了。我让妈妈去张喧的杂货店买一双小红皮鞋。那双小红皮鞋，我已经惦记很久啦。可是，妈妈始终没有给我买。

我只好努力攒钱，一个子儿一个子儿地攒。一双小红皮鞋二十块，妈妈每天给我一角钱，有时只有五分。我攒了足足有一年，终于，攒了一只储蓄罐。

可是，我把蓝墨水洒到潘宇良的白袜子上了。潘宇良不吭声，只是一动不动地看着我。我被他看得有点发毛。难不成我脸上画了花？

呃，我会赔你袜子的。你的袜子多少钱？

我听见潘宇良嘟囔了一句：你赔得起吗？我的袜子很贵的。

多少钱？

二十五块。

不会吧。一双袜子，难道比我的小红皮鞋还贵？我才不信，明摆着敲诈我嘛。

信不信由你。反正我的这双白袜子,就是二十五块钱。

我捧出了储蓄罐。把底下的塞子拔了,哗啦啦倒出一堆硬币,数了半天,仍旧只有十八块二毛五分。

这是我千辛万苦,攒了将近一年,要买小红皮鞋的钱呐。可是,我把潘宇良的蓝墨水倒翻了,并且把他的白袜子染上了蓝墨水,可恨的是他的白袜子还偏偏那么贵。我谁的袜子不好洒,偏偏洒潘宇良的呀。沈涛的袜子顶多两毛钱。况且,沈涛才不会要我赔。尽管他天天拽我的小辫子,可是,他不会这么小气。一双袜子,有什么大不了嘛。就是一双鞋也没什么大不了嘛。沈涛准会这样说,然后拍拍我的肩膀。再然后,忘掉这一茬。下次该拽我辫子仍拽我辫子,该喊我烂橘子仍喊我烂橘子。哎,还是别提了,反正沈涛也没皮鞋穿。

在我们班上,只有潘宇良有皮鞋穿。潘宇良是个街上人呢,成天穿白衬衣,白袜子,黑皮鞋,像个小开。平时不搭理人,就是现在,我把蓝墨水洒到他的白袜子上了,他也不搭理人。他就是这样一张冰块脸。

好吧,反正我只有这些钱。反正潘宇良的白袜子已经穿过了,折个旧,差不多也够了吧。我抱着储蓄罐去了学校,哗啦啦把硬币倒在课桌上。

干什么?潘宇良终于挤出了几个字。

赔你袜子。

算了,不用赔。说完,他又恢复冷冰冰的神情。

喂,姑奶奶我说赔就赔,少废话。我把硬币推到他的桌子上。

潘宇良皱着眉头,我说不用赔就不用赔了。说完,拿起书包走了。

喂,你不上课啦。

潘宇良头也不回。

有人看见一个穿得很时髦的女人把潘宇良接走了。

那个女人，烫着很卷的头发，像哈巴狗。皮肤白白的，眼睛水汪汪的。穿了一条红裙子，裙摆散开来，像一朵花。

那个女人是潘宇良的妈妈么。不像，谁的妈妈会这么年轻？

那是潘宇良的姐姐吧？可是潘宇良没有姐姐。

大家在教室里窃窃私语。终于，沈蕾这个八卦王爆了一条新闻，那个女人，是潘宇良的后妈。潘宇良的爸爸，找了一个年轻的女人。比潘宇良大不了几岁。听说，是一个城里人，要接潘宇良去城里呢。

啊。我们一声惊呼。潘宇良这小子，从此恐怕没好日子过了。再也穿不了白衬衣、白袜子和黑皮鞋了。说不定，他的后妈天天罚他跪在地上抹地板。

我不禁有点同情潘宇良起来。

我想，无论如何，我要赔潘宇良一双白袜子。让他带着那双白袜子去城里。让他在以后灰暗破败的日子里，依旧有一双簇新的白袜子可以穿。

我去张喧的店里，挑了一双白袜子，尽管只有两块钱。但已经是最贵的一双了。我让张喧用彩色纸把白袜子包起来，包成一件礼物的形状，又贴了一朵粉红色丝带拉丝的花。

潘宇良最后一次来学校，是办理转学手续。他走进教室，取出抽屉里的作业本，还有那一支钢笔、墨水瓶。

我把礼物递给潘宇良，喏，送给你。

这是什么？

临别赠礼。收下吧，好歹咱们同桌一场。记得回去以后才能打开哦。

潘宇良迟疑了一下，还是接过了礼物。

他取出那支钢笔，还有蓝墨水，放到我桌上，送你吧，作为回礼。

那是一支派克笔啊，太珍贵了，我死活不肯收。我说，就送我一瓶蓝墨水吧，我可以给你写信。你也是哦，到了城里，一定要把好玩的事情告诉我。

嗯。潘宇良难得地露出一个笑脸。

我用蓝墨水，蘸了一支鹅毛笔，给潘宇良写了很多的信，但是一封也没有寄出去。我忘记向潘宇良索要地址了。

那些蓝墨水写的字，静静地绽开在洁白的信纸上，像一朵蓝色的睡莲。

那是大海的蓝，天空的蓝，寂静的蓝，蓝得深邃、空旷、无边无际。

在流水的光阴中，我渐渐出落成了一个豆蔻少女。

妈妈陪我去宋师傅的裁缝店，做了一条白色的连衣裙，又去张喧的杂货店买了一双红皮鞋。我穿着那双红皮鞋，踮起脚尖，跳圆圈舞。啊，镜子里的少女，多么美丽。

但是，不知怎么，我心中有一点失落。那个穿白衬衣的少年，不晓得他现在在哪里，过得怎么样？当他拆开那份礼物，有没有惊喜？他有没有想起过那个穿花袜子，黑布鞋，露出脚趾头的女孩子呢。

那个打翻了他的墨水瓶，把墨水洒在了他的白袜子上，一脸局促不安的女孩子。

那个临别时，鼓足勇气，赠他礼物，说要给他写信的女孩子。

那个穿了白裙子，红皮鞋，跳圆圈舞的女孩子。

他永远不会看见她蜕变成白天鹅的那一刻。

就像她永远不会窥见他人生中灰暗颓败的那一刻。

于是在记忆中，他永远是那个沉默、寡言、清高又骄傲的少年。

作家名片

简儿

简儿,中国作家协会会员,现居浙江嘉兴。已出版散文集《七年》《日常》《鲜艳与天真》《绿阴寂寂樱桃下》《玫瑰记》《枕水而居》等。

周华诚的散文

周华诚

爸爸的拖鞋是一艘船

小时候我是一枚爱动脑筋的好孩子,经常会做一些无聊的事情,但是这些事情在当时的我看来,是十分严肃,也十分有意义的。比如那个夏天的午后,等爸爸妈妈睡午觉了,我就偷偷地来到厨房。

"哥,你要做什么?"冷不丁地听到这么一句,我被吓了一跳。

"求求你不要老是出来吓人,好不好?"我对着突然冒出来的弟弟,总是无可奈何。

"那你告诉我,你要干什么?"他瞪着一双无辜的眼睛望着我,叫人不忍心拒绝。

"好了好了,告诉你,你千万不要告诉别人。答不答应?答应了我再告诉你。答不答应?好。是这样的,我要做一个科学实验……"

弟弟被"科学实验"这个专业术语唬到了,脸上立刻流露出了崇拜的神情。别说当时我比他高两个年级，就是高一个年级，他也会觉得我很伟大。

就这样，我立刻任命弟弟做了我的实验助手。我告诉他，我们是要完成一件重大的发明，就像瓦特发明蒸汽机一样。"我们要发明的是，蒸汽轮船！"

弟弟刚刚学过蒸汽机那一课，兴奋得两眼直放光。

好了，我开始分配任务：弟弟负责去偷爸爸的一只泡沫拖鞋，我负责去鸡笼里偷一只鸡蛋。

"为什么要偷一只拖鞋，还要偷一只鸡蛋？"弟弟又开始变得罗里吧嗦，我对他真是没有办法，只好告诉他，这是科学实验所需要的。

"瓦特发明蒸汽机的时候，也用拖鞋和鸡蛋吗？"弟弟没有行动，还在问。为了让他早一点去偷拖鞋，我只好告诉他是的。

回来的时候，我手上拿着剪刀、蜡烛、铁丝和鸡蛋，弟弟手上拿着拖鞋。我把鸡蛋一头用剪刀捅出一个洞洞，然后突然想起来要怎么处理这个生鸡蛋。我东看西看，最后还是盯着我的助手看。弟弟被看得有点不好意思，他说："哥，是不是还有什么事要做？"

"是的。你可不可以，把这个生鸡蛋吃下去？"

"啊？吃生鸡蛋？"弟弟张大了嘴巴。

"是啊，这生鸡蛋是很补的，不能浪费掉。"我尽量讲得轻描淡写一点。

"可是……为什么你自己不吃，要让我吃？"

"因为我比你大，我要爱护弟弟，知不知道？"

弟弟虽然还是迷惑不解，但仍然点点头，仰起脸，张大了嘴巴。

我把蛋壳里的东西小心地抖下来，流进弟弟的嘴里。他脸上露出奇怪的表情，我鼓励他："吞下去，吞下去。"

弟弟虽然差点呕吐出来，但最后还是吞下去了，眼泪都快挤出来了。

我问他:"好不好吃?"

他没有说话。

"好,不说话,一定是很好吃,对不对?"

废话少说,我们还是继续科学实验吧。我把好好的泡沫拖鞋剪掉了底,当作一艘船。再把铁丝绑好,铁丝上架着空的鸡蛋壳。鸡蛋壳里面装满水,鸡蛋壳下面摆着一支蜡烛。

"好了,我们的蒸汽轮船就要下水了。"经过小心翼翼的制作,这艘船大功告成了。我点燃了蜡烛,把船移到了脸盆中。

弟弟睁大了眼睛,屏住了呼吸,紧张地看着眼前的一切。

"哥,这艘船真的会航行吗?"他开始不信任我了。

"我是哥,我什么时候骗过你?"

他点点头。

我把手放掉,那艘船在水面上摇晃了几下,轰然翻掉了。

我看了看弟弟,弟弟也无辜地看着我。为了调节气氛,我对弟弟说:"你知道爱迪生吗?"

"知道。是他发明了电灯。"

"你真聪明。那,你知道爱迪生为了发明电灯,做了多少次失败的科学实验吗?"

"不知道……"

"我来告诉你吧,他一共失败了九万九千九百九十九次!"

听到我的这串数字,弟弟对我的崇拜在刚刚倒塌掉以后,又马上建立起来了。他真的是很好骗的。

我虽然把船扶了好多次,把蜡烛一点再点,但是这艘船仍然没有航行起来。我只好放弃这次实验。我对弟弟说:"从这件事中,我们可以得到什么结论呢？你可以想三分钟，等下再回答。"

想了三分钟，弟弟还是没想出来。

我告诉他答案："失败是成功之母。"

过了不久，爸爸妈妈午睡醒了，爸爸的声音在屋里响起来："大毛！二毛！我的拖鞋呢？是不是被你们藏起来了！"

我和弟弟相互看了一眼，立刻躺到房间的地上，装作还在熟睡的样子，对爸爸的高声提问完全听不见。

"奇怪，我的拖鞋呢，刚才明明是脱下来放在一起的，怎么一只就不见了呢？"那个下午，爸爸一直在找拖鞋。反正太热的夏天下午，也没有什么事情好干。

可是弟弟忽然哭了起来，他大概觉得这件事已经重大到他无法承受了。他抽抽噎噎地说："船……"

"什么船？"爸爸妈妈同时惊讶地问他。

"都是哥哥……让我陪他做科学实验……还让我吃生鸡蛋……"他已经完全忘掉了不能告诉别人的承诺。而我呢，失败的科学实验已经够令人沮丧的了，这一下简直是非常丢人了。

不过幸好，这件事至今还没有我们家以外的人知道。

一个人可以吃掉多大的西瓜

吃过午饭后，我就不停地走来走去，坐立不安。

隔壁家的鼻涕大王叫我一起去捉知了，我也没有同意，搞得鼻涕大王很没趣。

到我们家里来吃饭的四五个电工叔叔，这会儿正端着茶杯，剔着牙齿，坐在凳子上聊天，似乎根本就忘记了他们带来的两个那么大的西瓜。

没有办法，我故意在他们面前走来走去，拖鞋发出很大的声音。他们表扬了我学习成绩不错，又称赞我懂礼貌，最后他们说我个子长得高。他们都完全搞错了，其实我是想让他们注意到，两个大西瓜就在我走过的地方待着，我要是一不小心，就会踢到它们。

最后弟弟走过来，说："哇，有大西瓜！"

我白了他一眼，同时为他感到脸红，在这么多客人面前，竟然提起大西瓜。

好在叔叔们这时候也注意到大西瓜了。他们嚷嚷着，对对，把西瓜沉到门前的水井里去！

我大失所望。沉到水井里去，至少一时半会儿是吃不到西瓜了。他们七手八脚地把西瓜放在竹篮里，用一根绳子吊下去。我和弟弟眼巴巴地看着西瓜被水淹没，直到看不见。

他们在睡午觉了，我们还守在水井边，不知道干什么好。

"哥，你说西瓜是长在树上的吗？"弟弟又开始问些无聊的问题。

"笨！西瓜当然是长在地里的。"

"我问你是不是长在树上的？"

"我不是说了长在地里吗？"

好了，弟弟终于屈服，换了一个问题："哥，地里会长树吗？"

我眼睛一翻，不知道做何回答。其实，我只是不想把答案这么快公布出来而已，但是这会儿我知道自己进入了一个圈圈，如果不早点绕出来，自己会陷在里面的。

"地里会长树，也会长藤。西瓜是长在西瓜藤上的，现在知道了吗？"

"哦!"

我朝水井里看了看,只看见一条绳子从井口一直挂到水里去,连西瓜的影子都见不着。

"哥,西瓜藤有树那么高大吗?"弟弟又开口了。

"没有。是很细的藤,趴在地上。"

"那,很细的藤,为什么会长出那么大的西瓜?"

这一下,真的是把我问倒了。

为了摆脱弟弟没完没了的问题,我只好也去午睡。我趴在弄堂口的凳子上,吹着穿堂风,很快睡着了。醒过来的时候,人们都在吃西瓜。弟弟手上捧了一块西瓜,把我的身体推了又推。

"哥,我一直在推你,推到我吃第二块西瓜,你才醒了!"他嘴里有一口西瓜,话也讲得含糊不清。

谢天谢地,两个大西瓜切开来,还有四十多片摊在桌子上。虽然有六七个人在吃,但是每个人平均,可以分到六片。我的运算速度很快,这证明数学课学好一点,到底还是有用的。

我挑了六片西瓜,把每一片都咬了一大口,证明是我的。西瓜冰冰凉的,吃起来真的很甜。

他们发现了我的小算盘,全部哈哈大笑起来。这时候,如果爸爸在场,一定会批评我太不懂得谦让了。

可是,这些叔叔们才不懂谦让呢!上次在工地上架电线,休息时分吃西瓜,等我走到时,他们已经全吃光了。

可能是我吃得太快了。等我把六片西瓜都吃完,忽然觉得肚子胀得难受。

真的太难受了。那个过程好漫长、好漫长!我差点以为,我的肚子会像气球一样，突然爆掉！所以感到很害怕。

我捧着肚子，小心翼翼地移动脚步，走到院子外的草丛边，把小鸡鸡掏出来小便。"求求你，快小便吧！"可是用了半天劲，只挤出几滴尿尿。

晚上，我和弟弟躺在天空下数星星、找飞机。我又想起了白天吃西瓜的事，就问："为什么西瓜水，不能快一点变成尿尿呢？"

"我知道，我知道！"弟弟欢快地说，"要是马上变成尿尿，那我们不是什么也没有吃到？"

我对弟弟疑惑地看了半天。他根本不知道我那天被西瓜害惨的事，这个秘密我要是告诉了他，他一定会让全世界都知道的。

民办教师

刘老师在黑板上布置了十道数学题，然后转身去教二年级的语文。一小时后他又来给我们批作业，我把本子交上去，发下来时，我见上面赫然打着十个红叉叉。

我没憋住，大哭起来。接下来正是吃中饭的时间，整个中午我都闷闷不乐，甚至牛二这一伙人口沫横飞讲《神雕侠侣》的故事时，也丝毫没吸引到我。我百思不得其解的是，我的数学题怎么就做错了。

我们的小学校就在河对岸的小山上，刘老师也是本村人，"民办代课老师"是我多年后才晓得的说法。那时候他每天骑个自行车到学校，车后座上一般都夹着一把锄头。早上或中午的空闲时间，以及傍晚放学后，他都得抽空下田去，给抽穗的水稻灌点水，在丝瓜地里挖几锄，反正都是类似如此的活计。

听说他是小学毕业,初中没毕业——不过教教我们这些小毛孩子,没有问题。就算有点难度的知识点,他琢磨几下,也就通了。我们那时的小学三年级,只有语文、数学两门课,哪像现在……那时有啥东西是难的?

下午又来上课的时候,刘老师在教室里,当着全班十几位同学的面,对我说:"早上是我自己弄错了,你是对的;你把作业本拿来,我改过来。"这一下,我倒有点不知所措了,作业本再拿下来时,我看到红叉叉全被圈掉了,边上划着勾,底下写了一个大大的"100"分。

民办代课老师的工资不高,刘老师同时要种田种地,遇上农忙时,他就要在家里割稻插秧。好在我们各家都忙,虽说我们只是孩子,也要下地帮忙干活。这样,学校正好放上两天农忙假。我还记得,曾经全班同学出动,帮刘老师割了一天水稻。

刘老师要是家里有事,比如要去邻县抓猪崽、进城买化肥,就不能来给我们上课。这样,他新婚不久的妻子会来代课,让我们朗读几篇课文,做些数学习题之类的。其实,能管着我们,不让我们闹翻天就成。我记得那时,师母还挺漂亮,只是有些胖;她手上举着课本,皱着眉头一言不发,在教室里来回踱步,倒还真有些教书的样子呢。可是,她也只是读到初中没毕业。

从一年级到四年级,刘老师的妻子、老父亲、大弟和二弟,都先后给我们代过课,都当过我们的老师。现在想来,那时教育的城乡差异不是很大,否则我四年级参加全县的数学竞赛,怎么能够获得前几名呢?我奖到一个奖状和五块钱,刘老师的工资也略有上涨,到底涨了多少,我倒是不知。

那时学校,只有两间破房子,上下课的铃声都是一截铁轨挂在屋檐下,刘老师用柴刀敲出当当当的声响。平时的考卷,也都是刘老师自己刻蜡纸油印出来的,我还记得在考卷上写字,握笔的那只手会印满蓝幽幽的蓝油印。

后来我去镇上读初中,再后来又去了外地读书,于是很少再见到刘老师。有一年暑假回来,突然听说他已经不教书了,因为是"民办",不能继续教了。又过了几年,我参加了工作,一次回老家我在村口看到他,他正坐在大树下抽烟。我大声地喊他一声:"刘老师!"他神情有点落寞,但仍笑着说:"回来啦?"我点点头。大概,已经好多年没有人叫他"老师"了。

不当老师以后,他没有太好的谋生手段,种田不擅长,做生意更不行。曾当过两届村干部,似乎是村委委员这样的职务,但基本上,当村干部也是没有什么收入,不算正业……

如今,我又有好些年没见过他了,也不知道他是否还好。过两天就是教师节,我写这篇短文献给他。记得以前在语文课上,他让我们用"永远"这个词造句,我造过一句话:"刘老师,你永远是我的老师。"

音乐课

下午三点,要上一节音乐课。

听说有音乐课,我们所有人,发出一声长长的欢呼。

很久没有音乐课了呢。这是初三,每一分钟都显得那么金贵。但音乐老师的出现,显然有些突兀,也让我们有些莫名的惊喜。

我们的音乐老师,是年轻的大学生,毕业后来我们学校才两年多。这是一所乡村初中,整座校园都被黄澄澄的稻浪包围着,远离城市,也远离村庄。我们的音乐教室,是在校园最偏僻的角落里,梧桐树掩映下的一排平房。平房黛黑的瓦背上,总是积着一尘厚厚的朽叶。

音乐教室平日里多是关着的。音乐老师来了之后,校园里就时常发出叮叮咚咚的琴声了——我们学校还没有钢琴呢。事实上,我们每个同学都并不知道钢琴是什么样子——那是一架风琴发出的声音,音乐老师时常一个人在空荡荡的教室里弹琴,他的脚有节奏地踩着踏板,双手轻柔地抚过琴键,脸仰着,眼睛微闭,那种陶醉的样子,常常吸引我们这些孩子挤在教室窗外看他的稀奇。

音乐老师耀眼的纯白衬衫、斯文的金丝边眼镜,甚至真的与这个校园有些格格不入!他的双手白皙,手指很长,在打篮球时,他的两手也摆着弹钢琴的姿势。这真是惹人笑话。

他给我们上的第一节课,是让每个人上台唱一支歌,他说了三遍,仍然没有人第一个站出来。"这样吧,"他说,"每个人都要轮着唱一支,我来给你们伴奏。"

那时候我们除了会张嘴扯两句"鞋儿破,帽儿破,身上的袈裟破"之外,几乎没有人能完整地唱一支歌。少数同学,跟着家里的电视机,学会了唱"流行歌曲",可我们听着,总觉得不是一个调儿。

在音乐老师一而再、再而三的鼓励下,终于有同学带着无法克服的羞涩,开始唱歌。风琴的声音不紧不慢地附和着。唱歌的同学常常会忘词,于是停下来苦苦思索,然后接着唱,而琴声始终忠实地跟随着。

午后三点的阳光,温暖地从窗外投进教室,把婆娑的树叶晃晃悠悠地映在我们的课桌上。同学一个接一个上台唱歌,长的一两分钟,短的也就两三句,而音乐老师始终微微笑着,一边弹琴,一边转头望着风琴边的歌者。

唱的歌各式各样,有七八人都是唱《义勇军进行曲》,也有人唱《我的祖国》,花样百出。唱歌在一个一个地进行,没有轮到的,就坐着听,并嘲笑别人，轮到唱时，又被别人嘲笑。还有的，已经趴在桌上，在温暖的阳光里睡去，口水从桌沿滑下，拉起了长丝。

有位同学叫叶子文，轮到他了，他站在风琴边，憋了半天，脸已经红到耳根，仍是开不了口。叶子文对音乐老师说，我真的不会唱歌。声音轻得几乎听不见，而脸更红了。

音乐老师笑了，他说，没关系，你随便哼哼吧。

叶子文又想了半天，嗫嚅着说，我会唱那首歌。

然后他开始唱："两只老虎两只老虎，跑得快跑得快，一只没有耳朵一只没有尾巴，真奇怪，真奇怪。"

大家哄一声大笑起来，整个教室气氛达到了高潮。甚至屋顶陈积的灰尘都被我们的笑声震动飘落下来，浮动在阳光斜照的空气中。睡觉的同学也被这笑声惊醒，用手抹了抹嘴角的涎水，迷惑地询问：笑什么？大家笑什么？

音乐老师也在笑着，他的手没有停下，还在为叶子文伴奏。

那节课上完了，甚至拖延了大家的晚饭时间，但是大家都觉得很过瘾。叶子文的歌声更给我们带来很多快乐。下课的时候，音乐老师说，唱歌本来就是为了快乐。"而且——"说到这里，音乐老师神情郑重起来，"唱歌，还可以让我们的心灵到达很远很辽远的地方。"

就是在他的音乐课上，我们听到了小虎队，听到了罗大佑，听到了《东方之珠》和《蝴蝶飞呀》，也听到了《命运交响曲》，那"梆梆梆梆……梆梆梆梆……"的乐符一声声像敲在我们的心上。

后来，我们就有了一个小小的合唱团，每个星期四晚上，我们十个男生和十个女生都会悄悄地聚集到这间音乐教室里来唱歌。在那里，我们第一次知道了"和声"，也第一次知道"男声部""女声部""高音""低音"。我们甚至合唱了《长江之歌》《黄河大合唱》这些歌,虽然我们唱得不怎么样,但我们唱歌的时候,一定是很投入。

每当我们在唱歌时,音乐老师就会发出一种微笑,那种微笑一直鼓励我们张大嘴巴,发出声音。

一年以后,就是初三,我们的音乐课从课程表上被剔除了。好多次我们从音乐教室外面走过,常常有些无以言说的遗憾。

在初三的最后一个学期,每一个主课的任课老师都把我们的时间抓得紧紧的,语文老师会在每一个早自修时,来到教室,让我们背诵古文和诗词。数学老师会在中午一直盯着我们,把他发下来的试卷做完。英语老师来晚了,只好摇摇头,但是第二天早自修时,他会提前半小时出现在我们面前,这一个早自修,我们只好背单词。至于晚自修时间,更是几个老师争夺的重要对象,他们轮番出现在教室,把我们搞得无所适从。

音乐课、体育课,已经彻底从我们的校园生活里走开。曾有个中午,我们几个男同学刚吃过中饭,看见有低年级的同学在操场上玩篮球,就手痒起来,过去运动了一下。手上还没起泥呢,数学老师已经黑着一张脸,站在操场边上了。他让我们站成一排,又从扫把上取下几根竹枝,让我们一个个伸出左掌,他要抽打掌心。不打右掌,是因为右手还要写字。

那一条条血痕,至今在我们的心上无法愈合。

竹枝抽下来的瞬间,我们每个人都发出了嚎叫,那是内心的委屈,以及无言的抗议。

很多人站在边上看。音乐老师刚骑了一辆自行车,准备出去,这会儿就扔了车,没管黑着脸站在边上的数学老师,径自过来,挨个看我们的手。我们把手掌藏在身后,一言不发。

就在这事发生后,第二天,音乐老师来到教室。那天下午有一节本是音乐课，但这节课已名存实亡太久。音乐老师说："这节课，我们还是放到音乐教室去上，我们很久没有听音乐了。不愿意去、要做习题的同学，可以不去。"

他说完这话，下面响起了一片欢呼声。

那天下午四点，音乐教室坐满了人，所有人都到了。叮叮咚咚的风琴声，混合着我们的低低吟唱，从铺满朽叶的瓦隙间飘出，在梧桐树与无边稻浪上空飘荡，随风传出很远。

松明照亮的夜晚

有时是碾米坊。

有时是木材厂。

有时是宽敞的晒谷场。

晒谷场上的机会很少。一般只有老人大寿，孝顺儿女包一场电影，放给全村人看，这才会摆出来，在晒谷场上公然放映。鞭炮声召唤远近的人们前来。放的电影喜气洋洋，其中必有一场是越剧《五女拜寿》。另外一场好看得多，很可能会是孩子们和年轻人喜欢的武打片。幕布的两边都会坐满人。在幽蓝的山村的夜空下，当剧中人物举起手枪射击，靠山边的人看见他是右手举枪，而靠河岸的人则看见主人公是一个左撇子。

碾米坊也不是常态。只有当木材厂堆满了木头，放电影活动实在无法开展之时，碾米坊才会被考虑启用。碾米坊内四壁皆是尘灰。有人走动时，震动起的尘埃是米糠碎末的气息。但是碾米坊至少有门，可以方便地把控，只有买了票的人才被允许进入。碾米坊实在狭小，很大一块地方让给了老旧的碾米机。碾米机靠河岸下的水流冲刷，带动机械部件吱吱呀呀地旋转。在电影人物悠闲地走动，或是艰辛地思考之时，碾米机就会不失时机地吱吱呀呀起来，为剧情配上合适的音乐。

最好的场地是木材厂。

木材厂宽敞，也有门。窗子高而窄小，试图逃票的人完全爬不进去。在没有伐木计划的时候，这是最适合放电影的地方。一排排的长条椅子就靠在墙边。有的条椅腿断了，随便找一块木头钉起来，跟原来的一样结实。人们一排排地坐在这样的条椅上，整整齐齐。电影一开始，全场立刻鸦雀无声。人们专心于别人的喜怒哀乐，悲欢离合。我记得那部叫"妈妈再爱我一次"的台湾彩色故事片，让全村男女老少一起在一排排的长条椅上流眼泪，甚至有人抑制不住地哭出声来。在闪闪烁烁的光柱里，我看见放电影的人也哭了，力大如牛能扛两百斤木头的二舅公也抽抽噎噎。我也哭了。但我努力遮掩，生怕被别人看见或听见。

在人们的强烈要求下，那场电影在村里一连放了一个星期。

有人连续流了七天眼泪，因而心满意足。

我已经忘了放电影的人是谁，面孔如何，我甚至忘了看过哪些电影，也忘了电影的票价是多少。那时候我只有十多岁，还在上小学。我的暑假都在山里的外婆家度过。我只记得一个又一个山村的夜晚，我被小舅、表哥、表姐们带领着，沿河走三四里的土路，去另一个村庄看电影。

那时外婆家条件并不好。舅舅和表哥们也难得有什么零钱，哪有钱经常看电影呢。我现在想来，也觉得不可思议。但是那时候，山里的人们，经济状况都差不多。既然每场都有那么多的观众，想来电影票的价钱，也不会贵到哪里去。

晚饭后，人们隔着河岸相互呼喊对方的名字。吃饱了吗。吃饱了就走哇。电影要开场喽。你再等等。不等了,我前头走,你后脚来。

河里的水,是高山上淌下来的溪涧水,一路呢呢喃喃。河岸上的人在走,要去三四里路外的木材厂看电影。今夜放的是什么电影,他们早已知晓。头天电影散场的时候,木材厂墙外边就会挂出一块牌子,上面写着——彩色宽银幕武打故事片。

这激动人心的字句,要在人们的心头记挂一整夜,又一整天。现在,还要记挂一路。这样的字句,就像现在的人们听到 3D 效果一样,不,比 3D 效果更富有想象力和冲击力,一路撩动小舅舅和表哥们的心弦。

我跟在小舅舅和表哥们的后面,走着山路去看电影。

山村的夜晚,有月亮的时候很明,没月亮的时候就很黑。

我有四五个舅舅,最小的舅舅十六七岁,白天经常上山砍柴。

他会把松明留下来,晒干。去看电影的路上,他在裤兜里揣一块松明。

什么是松明?

山松多油脂,劈成细条,燃以照明,故叫松明。

晒干的松明最宜在很黑的夜晚使用,照亮我们看电影的路。去看电影的时候,天色尚早,朦朦胧胧,对于山里的人们来说,完全用不着任何照明设备。他们的眼睛如夜鹰,且熟悉大山的每一处犄角旮旯。松明只在回家时用。

回来时路会更黑。小舅会燃起那块松明,举着它,把我们一路带回家中。在石蛙杠杠如鼓的鸣叫里,在一连串的狗吠声中,那块燃着的松明,会让我们沉浸在摇曳的故事当中。一路,都无法自拔。

小山村的每一个夜晚,都那样令人期待。

在日常艰辛的劳作之外,在上山砍柴、下地劳作、入林伐木及各种各样的挥汗如雨、筋疲力尽之后,小舅舅和表哥们,跟别的年轻人一样,仍然充满力量地行走在山村的小道上。

去晒谷场。去碾米坊。更多的时候，是去木材厂。

我十岁还是十一岁的一个夏夜，在去木材厂的路上，走着走着，我从朦胧的河岸上摔了下去。

至今我的右额仍留有一个半指长的疤痕。

它与电影有关，与文艺有关。因此它虽然很难看，但我并不讳言，也从不曾想刻意遮掩。

那个夜晚，舅舅们把我从乱石河岸边捞上来，找了一块手帕简单包扎，然后继续前行，去往木材厂。我顽强地看完了那场电影。

我的额头至少包扎了一个月之久。不知道有没有脑震荡，肯定磕伤了颅骨，没有经过任何检查，就用各种草药混合研碎包裹在手帕里捆扎在伤口上。一个月之后，伤口成功愈合。

1896年8月11日，光绪二十二年，一个法国人在上海徐园的茶楼"又一村"放映了一部短片。那是电影第一次在中国放映。事隔多年，它造成千里之外一个中国的山村少年在河岸上摔了下去，右额因此留下一个永不消退的疤痕。

那一夜，电影依然摇曳。松明依然摇曳。

让我为你唱支歌

冬季里一个停电的晚上，教室里黑黑的。坐在我右前桌的女孩梅向我娓娓地讲起这样一个故事。

初二的那一天晚上，学校也像今天这样停了电。年轻的班主任胡老师留下全班同学,神秘兮兮地宣布要搞一个活动。不一会儿,他又变魔术似的发给每个同学一支小蜡烛。当所有的蜡烛都被点燃时,整个教室笼罩在一种朦胧摇曳的温暖之中,红红的烛光映着每张兴奋的脸庞。胡老师说:"我们就在这个停电的晚上搞个烛光晚会,每一位同学都要准备一个节目,每一位同学都要上台表演。"

　　那时候我是个很羞涩的小姑娘,像一只自卑的丑小鸭。所以我紧张得不得了,不知道表演什么节目。晚会开始,没有同学勇敢地第一个走上讲台。然后胡老师提议由文娱委员第一个表演,然后抽签,抽到谁的学号谁就表演。

　　文娱委员婕唱了一支《月亮河》。动听的歌声在烛光里飘荡,撩拨着每个人的心弦。我愈加紧张起来,开始搜肠刮肚地想节目。婕的《月亮河》唱完了,一片掌声在教室里响起。接下来就要抽签。我感觉脸上发烫,不由得默默祈祷,但愿不要抽到自己。

　　胡老师叫了个25号,我松了一口气。25号同学站起来朗诵了一首诗。对了,如果万一抽到我,我也朗诵一首诗吧,就那首《我爱黄河》,我非常喜爱的一首诗……这时候25号同学抽出了8号同学。8号同学走上讲台,轻轻地唱了支歌。我想我还是唱支歌儿吧。唱哪支歌呢?我开始使劲地回忆会唱的歌。又抽签了,我感觉自己手心里满是汗水。抽出20号,我又舒了口气。唱支《洪湖水浪打浪》吧。对,就唱这个歌吧。20号同学站在讲台上,脸涨得通红。她是全班最内向、最羞涩的女孩,真不知她表演什么节目。20号同学站了好久,仍然红着脸一言不发。胡老师说那么大家把蜡烛熄掉,等到20号同学唱完一首歌再点燃。于是大家都把各自桌上的蜡烛吹熄。过了一会儿,一个很轻的声音在黑暗的教室里响起来,20号同学唱了一支《洪湖水浪打浪》……

我想我唱《茉莉花》吧，别人唱过的歌最好不要重复。如果抽到我唱，我就也让大家把蜡烛熄掉，这样就不会太紧张了。

又是一片掌声响起来。20号同学唱完了歌，又是抽签。如果抽到我，我就唱歌。抽出42号。42号同学讲了一个笑话。我想再抽到我，我也不怕了，我准备好了呢。一片哄堂大笑响起来，才知42号同学的笑话讲完了。抽签。现在我倒有点儿希望抽到我了，因为我将给大家唱支很好听的《茉莉花》。抽到30号……抽到22号……

没想到一直没有抽到我的学号。我有点儿高兴，又有点儿失望。这次抽到的会不会是我？这次呢？每次抽签，我总是紧张极了。后来我干脆想，就抽个我的9号吧，反正我已经准备好节目了呀……

然而直到胡老师说"由于时间关系，晚会就到此结束"，还是没有抽到9号。我很高兴地从座位上站起身，才发现一只衣角已被自己手掌握得湿湿的了。拿着蜡烛走出教室的门时，我却感觉自己心底在高兴的背后还隐藏着深深的失落。独自回到寝室，我竟委屈得趴在被窝里哭了起来……

梅把故事讲到这里，我们就这样沉默了。我怎么评论那个羞涩而自卑的小女孩呢？真的找不到合适的语句。其实我们都有过这样的故事呀，在希望和不希望、高兴和失落之间……

沉默良久，我说，梅，那么在这个停电的晚上，请你唱一遍那支许多年前就准备好的《茉莉花》，好吗？

梅动听的歌声在黑黑的教室里响起来，飘荡着……我惊讶于梅竟有如此美的嗓音！一曲终了，却有好些掌声在教室四角响起，不由得把我们惊了一惊！接着便有四五处红红的烛光亮起，原来是好多同学悄悄地坐在教室里，听梅讲着这一个故事……

那是整个冬季最温暖一个夜晚。我们都相信。

作家名片
————————

周华诚

中国作家协会会员,作品在众多文学刊物发表并入选多种年度选本,出版《素履以往》《一日不作一日不食》《春山慢》《寻花帖》《廿四声》《空山隐》等二十余种,获三毛散文奖、草原文学奖等。

陆生作的散文

陆生作

妈妈的故事

妈妈不识字,但会摆空城计。

记得小时候,某个夏日夜晚,月亮圆,星儿亮,我们一家人出去串门。走出大门外,妈妈突然喊了一句:"阿妈不去了,在家管家。"我心头一震,抬起头,不快地问:"不是说好一起去的吗?你……"话还没说完呢,妈妈就捏了捏我的手。我懂,妈妈叫我别说了。她小声说:"阿妈摆个空城计啊。"爸爸接着解释:"这样让人家知道家里还有人,就不会来偷东西了。"我恍然大悟,原来是这样。我早就知道空城计,但让我牢记空城计的,不是诸葛亮,而是妈妈,厉害的妈妈。

后来,家里还真的遭过贼,有两次特别严重,都跟家里造新房有关。

一次,藏在小屋里的一大捆钢筋被偷了。这可是用来浇筑腰箍的钢筋,妈妈心疼极了!要知道,那是万元户的年代,五千块钱就能造一层新房。

恰巧那天我睡觉睡过头，妈妈朝我大吼大叫，脾气发在我身上。我不敢搭话，穿好衣服，脸也没洗，就匆匆骑上脚踏车去了学校。一整天我都没上好课，不是因为迟到，而是因为妈妈的心疼。

由于前一晚下过雨，地上留有深深浅浅的贼脚印，妈妈沿着脚印一路追寻，直至脚印消失的地方，然后又去找了能掐会算的瞎子，依据时辰、方位推断贼人的可能性——说是熟人作案，一个在南，一个在北。其实妈妈心里早有答案，她的分析很有道理——钢筋放在小屋里，用稻草盖着，根本看不出，谁知道这里有钢筋放着？只有那天请谁谁帮忙，进小屋搬东西，钢筋露了一点出来；你想想看，一捆钢筋那么重，一个人根本扛不动，必须两个人用抬杠抬才可能，地上刚好有两双脚印……

最后，可恨没有真凭实据，事情也就这么过去了。时至今日，如果触碰到那个点，妈妈还会旧事重提，然后叹一句："当时也真傻，怎么不去报个案？"我想，报案又能怎样？虽然一个在南，一个在北，不是东西，但都是抬头不见低头见的，让他们作孽去吧。

新房只造了一层，没钱就没再升上去。接着，便是做门窗。为了省点运费，妈妈和爸爸用双轮车把又长又粗的水杉树料拖回家，真是累得半死。木匠量了尺寸取了料，堆放在新房里。可一夜之后，做大门用的那几段木料不见了。妈妈当然生气，但不像上次那样，只是又去买了木料，请木匠把活给做了。都说农人勤劳淳朴，见不得人好的、眼红的、从中作梗的，多了去了，但也没见他们把日子过成咋样。人哪！唉！

妈妈是苦出身，50年代生人，所饱尝的苦难是我难以感同身受的。妈妈到了上学的年纪，偏偏生了病，身上几处长疮。可怜天下父母心，外公外婆拼尽全力，背着妈妈求医问药，这个郎中，那位医生，这个要忌口，那样不能吃，可几年下来，病情没一点好转，还严重起来了。实在是没办法了，外婆下了狠心，把家里最后一头猪也杀了，不卖，留在家里给妈妈吃，不忌口了，哪怕死，也算吃过几顿好吃的，不白来世上走一遭。奇迹出现了，妈妈的病竟然好了。外婆跟我说，忌口忌得营养都没了，人都浮肿了，吃了肉，营养有了，病也就好了。

虽然病好了，但妈妈已经十二岁了，错过了上学的年纪，弟妹又多，妈妈得为家里挣工分了。捞草纸，船上挑沙泥，挑石灰……都是辛苦活，妈妈熬过来了。妈妈从小就是干活好手，挣工分抵得一个男劳力。阿姨总说，你妈壮得像头牛。这当然是夸赞，又何尝不是生活的艰辛呢？

妈妈在家时是当过团支部委员的。爸爸、妈妈、姐姐、我，一家人在一起吃饭，常常拿团支部委员"取笑"妈妈。爸爸总说，你妈就是少了几个字，好给的话，我这几个字给了她。我不止一次听别人说，你妈要再识几个字那还了得啊！不得了！如果妈妈真识了字，肯定又是别样人生，估计也不会嫁给爸爸了，也就没有姐姐和我了。正因为不识字，她决心要嫁给一个有文化的人。爸爸是一个有文化的人，人也长得帅，歌也唱得好，还会拉二胡，琴棋书画算不上精，都略懂，算得上是妈妈心仪的对象。

妈妈和爸爸谈对象时，爸爸请妈妈看过一场电影，高仓健主演的《追捕》。说起这件事，妈妈就说爸爸傻，因为爸爸只买了一张电影票，叫妈妈一个人进电影院去看，而他则在门口等。妈妈颇为自豪，不识字，在偌大的电影院中也找到了自己的位置，对号入座。爸爸肯定愿意和妈妈一起看，可能爸爸只有买一张电影票的钱吧，这么想，这也应该算是真爱了吧？哈哈。

前几天，妈妈来杭州。我把《追捕》放给她看，她看着看着就瞌睡了，说一点都记不得电影情节了。三十多年前的电影，一场恋人请她看的电影，被抚养儿女、孝敬老人、照顾丈夫、支撑家庭的苦难磨光了。如今她已是过了花甲的老人，头发花白。儿子看在眼里，心里有一丝不是滋味。想起几年前，爸爸查出脑萎缩，医生说，只会越来越严重，所以在过年的时候，一家人南下福建，希望在爸爸脑子还比较清楚的情况下，出去走走。我们去了鼓浪屿，看了海洋馆，进了土楼。妈妈很高兴，高兴得像个小孩，胸前挂着相机，这里拍，那里拍，还用自己的老年手机拍，拍给同事看。妈妈十根手指，个个粗糙，指腹罗纹十只"鸡"，没一个罗。她常说，十只"鸡"，满天飞，可没文化，飞不出去。这次出游，是她截至目前飞得最远的一次。夜里，姐姐和我陪妈妈逛玉器店，看中了一个手镯，一千多块钱，妈妈嫌贵，用不太标准的普通话跟营业员说：不买，不买，这样的我家里有。可姐姐嘀的一刷卡，妈妈还是美美地戴在手上，对姐姐说：以后传给你孩子，当个传家宝。回到宾馆，我和姐姐又"取笑"妈妈："妈，你这普通话是讲得越来越好了！"爸爸凑上一句："你妈那两句普通话是不错的咯！"妈妈立马进入角色，学起工作的模样："同学，大排要不要啊？今天的大排很新鲜的，味道很好的。"快乐的一家人，哈哈大笑。妈妈在一所大学的学生食堂工作，她的普通话确实越来越好了。

妈妈属羊，出生在正月里，她总说自己有口福，正月里不缺吃的。她在中国美院附近的小饭店打过工，看到学生来吃饭，总给他们多打一点，因为这些学生让她想到自己的儿女，在外工作学习，也要去这样的小饭店吃饭。她去饼干厂做过活，去娱乐城的食堂烧过饭……都是与吃有关的地方。不管到哪里，她都是好员工，活做得漂亮。在学校食堂工作的第一年，她被评为优秀员工，来杭州领奖状。这是大事，姐姐和我全程陪同。傍晚，我们在黄龙喝粥，有一份肉很好吃，妈妈说，剩几块带回去给你爸爸尝尝。妈妈到哪都惦记着爸爸。于是，我又点了一份，打包带回去给爸爸。

妈妈有口福，不是命中注定，而是自己争取来的。她自己会做很多小吃：油条、包子、饺子、菜饼、烘饼……所以才会去那些地方做活。

有好多年，我们家就以妈妈的手艺为生。三四点钟起来炸油条，在人们吃早餐的时候，爸爸妈妈骑着脚踏车在村里叫卖，赚辛苦钱。后来，妈妈在村口开了一小吃店，做生意糊口；之后，她又去镇上盘了一家店面做小吃，生意难做，没多久便转手他人。这算妈妈的创业，没成功，但我特别特别佩服妈妈，她有勇气，她敢闯敢试，她只想让家里过得宽裕些，她的"十只鸡，满天飞"，不是游山玩水，而是柴米油盐，像孙悟空一样翻跟头。人生行在路上，勇气是自己给自己的机会，更是一种担当、一种保护家庭的本能。

妈妈好强，也确实有本事，称得上陆家第一媳妇。

她总说，树活一张皮，人活一口气。她自己争气，也享受儿女争气。

我初中快毕业时，一次模拟考得了第一。老师来送成绩单，路上遇到我妈妈。得知我考了第一，她油条也不卖了，特地去买了鳖，回来给我烧好吃的。我考上重高，被评为优秀学生干部，获最佳辩手，上电视，去电视台实习……她都很开心。她从来都确信读书有用，从小给我们立规矩，书不能坐在屁股底下，更不能擦屁股。

我大学毕业，带了好多闲书回家，都挤在箱子里。箱子摆在角落里积灰尘。我在杭州上班，妈妈在家把书取出来，一本一本整整齐齐摆在书架上，又打电话告诉我，好多书被虫蛀了。那次回家，妈妈宝贝似的拿出一个捆扎好的塑料袋，打开一看，里面竟然是上次理书时被书虫蛀下来的书末子。她问我："这些还有没有用？上面还有字的。"那瞬间心头震动，我至今无法用言语描述——只能说，我幸运，投胎投了个好妈妈。后来，老房子遭了火，烧得只剩四面灰墙。妈妈心疼我的那些藏书、文章。说实话，我也心疼。

活到老，学到老。现在，妈妈已经认识不少字了，也会写一些字，都是爸爸、姐姐和我教她的。去银行取钱，她也能歪歪扭扭地把自己的名字签上。去年，我去各地找家谱。妈妈骑电瓶车带我去县图书馆，我看《陆氏宗谱》，她看《吴氏宗谱》。我正看着呢，她骂起脏话来，原来家谱上单单把她的名字写错了。她立马打电话向外婆告状，好像被欺负了似的。外婆也惊讶："啊？有这样的事情啊！晓得他们怎么弄弄的啊……"八十多岁的外婆，六十多岁的妈妈，一场幼儿园小朋友的对话，可爱极了。事后，每每想起这事，我总觉得当时应该直接拿笔把名字改了，管他的。此刻，我打算什么时候再跟妈妈去一趟县图书馆，改名字去。

我年纪过了三十，才觉得妈妈可爱。

那次，陪她去江边散步，看到一片夺目的五星花，她高兴地扯上一把，绕成环，举在手中，定要我给她拍个照。

还有，去年过年，我告诉她，我写了一篇《奶奶的故事》，发表了。她说，帮她也写一篇，稿费要一千块钱。我答应了。刚才，妈妈打来电话，我告诉她，正在写《妈妈的故事》，就要发表了。她哈哈大笑。

在苦难的日子里，她痛饮生活的满杯，时光老去，苦难也终将老去，大有"忍他、让他、避他、由他、耐他、敬他、不要理他，再过几年你且看他"的透彻。她不止一次告诉我：生活，生活，人生下来，就是要做活的；活不做了，人也就不在了。大白话中有大道理，妈妈虽没文化，但有智慧。

最后再说一句：妈，谢谢你！保重身体！

奶奶的故事

我小时候特别爱吃甜食。在我的记忆中,奶奶总有很多好吃的甜食(绿豆糕、荔枝罐头、黄桃罐头等),还有很多好听的故事(《傻子卖布》《傻子相亲》《九鲢鱼》等)。

奶奶会说上海话,但很少听到她说。我第一次听到"白相"这个词,就是她笑着告诉我的。奶奶说,外曾祖父曾在上海开厂,日军轰炸上海,工厂被毁,为安全考虑,才携带家人回乡避难。奶奶很少提起这些往事,只有她坐在门前竹椅子上做寿鞋绣花时,才会断断续续地给我们讲点故事。我们总是被她的故事牢牢吸引着,这样我们就不会到处乱跑,减去了不少惹祸的时间。现在回想起来,关于抗战,奶奶也是说过一些故事的。

爷爷在族中排道字辈,兄弟五人。爷爷与奶奶结婚后,被抽壮丁。我想:这对一个家庭来说并不是一件幸运的事情;但对一个男人来说,国难当头,上战场杀敌,保家卫国,是一腔热血的事情。最终,爷爷没有扛上枪,而是他的三哥替他上了战场。三爷爷(我不记得他的名字)那时没结婚,念过书,写一手好字。后来,三爷爷托人带信回来。信中有一处写好之后又涂黑了,旁边注了一行小字:与普通兵士不同。家人猜测,三爷爷可能是有点小职务了。三爷爷后来怎么样,没人知道,这是他仅有的一封家书。同村老兵回忆,曾在战场远远见过三爷爷,枪林弹雨,炮声连连。

三爷爷再没回来。家人偶尔谈起三爷爷,说他肯定是战死沙场了,但末了又会一厢情愿地添上一句:"可能他去了台湾了吧,儿孙都有了呢!"战争残酷,牺牲难免,可有谁不愿意自己的亲人在战场上活下来、好好生活呢?

爷爷奶奶去世多年后,还真有一人千里迢迢上门来查阅家谱。最初,大家都以为是三爷爷的后人。大伯兴冲冲地带他去看家谱，可惜并不是，空欢喜一场。

奶奶在世时，说过好几回：等我长大一点，要带我去看家谱。可惜未能如愿。直到2014年，我才在浙江省图书馆看到了缺损的《桐江陆氏宗谱》复印件，才知道家族最近一次修谱是1946年，即抗战胜利周年。在《续修宗谱序二》中，有这样一段话："迨夫清季，我国科学落后，政治腐败，外交失策，致异类觊觎神器之心突于丁丑岁之七七，东邻日寇在冀省北平之卢沟桥地方，遂启衅大举侵攻华北，各地首遭蹂躏，烽烟遍及全国，飞机滥炸，奸淫掳掠，无所不为。人民流离颠沛。爱国志士在蒋总裁领导之下，群起而赴国难，如我桐陆氏宗人直接荷枪出入于枪林弹雨中者，动以百计；间接力助抗战者，更有多人。"国家民族之大事与家族大事以这样的方式连在一起。当我细读序言时，很自然就想到这"荷枪出入于枪林弹雨中者"肯定包括了三爷爷。虽然我不曾见过他的样子，家谱中所存记载也不过"百计"而已，但如若他老人家在天有灵，有后辈在心里惦记过这些事，他会感到安慰开心的吧。

奶奶长于上海，算是见过世面的人，可她也有看不开的地方。当爷爷麻将不回，她敢找去，搅了麻将局。据说，爷爷风头好的时候，每根手指上都箍着赢来的金戒指；同是这几根手指，因奶奶搅了局，丢了面子，也恼火地打过奶奶。当然，也可能正因为奶奶见过世面，才知道十赌九输，才懂得战乱的年代生活不易，养家糊口要好好经营。

但即使精打细算过日子，在必要时，奶奶也还是慷慨的。一回，一个衣衫褴褛、蓬头垢面的哑巴在门前打手势，他是来讨吃的。奶奶拿些番薯、玉米给他。狼吞虎咽之后，哑巴竟然说话了。原来他是一个兵，在战场上败了，逃出来的兵。因很久没东西吃，饿得话都不会说了。他走的时候,奶奶还给了他一些干粮。这件事,奶奶说过好几回,每每感叹,一个人竟然会饿到连话都不会说,唉!

当年,村里还进过日本鬼子。奶奶说,真的日本鬼子没几个,大多是假日本鬼子。远远看着他们过来,村里人就躲起来。小孩子会躲在柴堆里、扇稻谷的风车里……这些经验为我捉迷藏提供了绝好的去处,但直到懂事以后,我才感受到当年的那些小孩子是怎样的担惊受怕,才理解为什么奶奶说到假日本鬼子时有一丝不易察觉的鄙视。

这些与战争有关的故事,都是我零碎的一些记忆,连不成串,年月渐长,可能还有一些错误,因为奶奶本来就讲得零碎,似乎她不太愿意把苦痛描述给别人。而如今早已天人永隔,无处求证,写成一篇零散文字不过是小孙子的一个念想罢了。但仍有一些画面,依然清晰地印在我的脑海里——讲述这些故事的时候,奶奶的口吻是平静的。夕阳下,奶奶坐在门前的竹椅子上,脚边摆放着做事用的竹篮子,彩色的细线稳稳地穿过绣花针,闪闪发亮的贴片美美地缝在寿鞋上……

奶奶在村中是一个有江湖地位的人,这在我看来有些神秘。她遵循传统,一年只在特定的一天(好像是六月初六)洗一次头,年近八旬去世时仍是一头黑发,一根白头发都没有。年老时,每次梳头她都会掉几根头发,她总是把这几根长头发从梳子上拿下来,绕成一个圈,放起来。她常常被人请去,切开一个水煮蛋,去掉蛋黄,把嫩桃叶、头发丝、袁大头银元、银戒指塞在鸡蛋里,用手帕把鸡蛋包起来,边念咒语边在病人身上"搓鸡蛋"。这真能治病,村里曾有一个被医生判了死刑的人,被奶奶用几个鸡蛋救活了,现在都还活着,认了奶奶做干妈,以报救命之恩。奶奶还告诉我们,如果一个人走夜路害怕,就把咒语念七遍,不要多念也不要少念,心里就不会怕了。我只能把咒语的第一句翻译成普通话"头上紫金冠"。

村里的红白喜事多会来找奶奶帮忙,特别是白喜事,好多人都是穿着奶奶做的寿鞋上山的(爷爷去世没几天,奶奶在午睡时过世了,她是穿着自己做的寿鞋上山的)。所以,奶奶常常被人请去吃酒席,她把我当拐杖,带我去吃饭。每次荔枝罐头、黄桃罐头一上桌,小孩子总是瞬间把它们一抢而光,我就在其中。回家的路上,奶奶牵着我的手,慢慢走在星空下那乡间干得发白的泥路上。她不止一次说:你这个小人啊,带你出来吃饭,是叫你吃点肉啊鱼啊的呀!而你总是跟人家抢罐头吃……我不知道当时自己回答了什么话。如果是现在,我会说,小孩子总喜欢吃甜食啊。甜,没有苦痛,让人觉得安全、幸福!

爷爷的故事

爷爷病逝时,我正要小学毕业。那时学业紧张,老师叫我们搞学习小组,同村的同学晚上聚在一起复习功课。其实,同学聚在一起,玩乐大过学习,摘桔子,掰手腕,使劲玩。

那天放学回家,我上楼喊了声爷爷,跟姑妈、舅爷他们打过招呼。爷爷躺在床上,特虚弱,眼睛微微睁了一条缝,看了我一眼,没有应声。吃了晚饭,要出门,妈妈突然拉住我,轻轻说:爷爷可能熬不过今晚,你不要出去了。可我还是出去了。回来时,八九点钟的样子,满天星,虫鸣狗叫,农家小窗透出老旧的灯光。拐过弯,迎面走来一人,说:爷爷去了。我瞬间凝固了,那人匆匆经过我身边,是我大伯。我至今都想不起那六七十米路我是怎么走回去的,等进了家门,到了楼梯旁,传来姑妈们的痛哭声,我钉住了,整个世界只剩下了哭声。我不敢上楼,害怕,不知所措，内疚，妈妈叫我不要出去的。就在前几天，我还在爷爷床前写作文《我的家乡》，我迟迟没动笔，大伯还教我这样开头：我的家乡坐落在美丽的富春江畔……可现在，爷爷不在了，不能重来了。直到楼上有人下来，看到我傻傻地杵在那里，我才被叫上楼去，心里愈加难过起来。

爷爷特疼我。一次放学回家，还没进家门，爷爷就在喊：臭贼，过来，有焖番薯。他还反复叮嘱我，不要被姐姐知道，姐姐没得吃的。一会儿，姐姐回来了。爷爷拿焖番薯给她，也叮嘱她不要让我知道。可我远远地跑来，边跑边喊：爷爷我还要，爷爷我还要。"谎话"就这么戳破了，爷爷哈哈大笑起来：你个臭贼啊！现在想来，那笑是多么幸福，弄孙的快乐。

记忆中的爷爷只有老人模样，我可能见过他年轻时的照片，但没一点印象。他总是坐在家里那张圆凳子上，吧嗒吧嗒抽着烟，不知他在想些什么。爷爷抽烟有个绝技：那时的烟没有过滤嘴，他拇指食指轻轻握着一根烟，有节奏地敲在桌子上，烟丝紧凑起来，烟纸露出一截空白；他把另外一根烟插进去，接起来，烟就变长了；最多的时候，他能把四根烟接起来抽。我上大学时，偶然读到摄影师杜修贤的故事：一根烟在他手上，都抽完了，烟灰不掉，很完整。爷爷也有这样的本事，应该是心静的缘故，算得上抽烟人的修养。

每到傍晚，奶奶烧晚饭，爷爷在抽烟（有时，他还抽烟斗，长长的一根，竹制的烟杆上有一层亮亮的包浆）。隔壁有个胖老头，穿着笔挺的中山装，别着一两支钢笔，喊着爷爷的绰号，过来跟他聊天。他们常说年轻时的事情，富春江里钓一米多长的草鱼，走夜路遇上鬼打墙，修抽水埠头，抬近千斤重的大青石……我坐在一旁听，感觉很好听。胖老头爱看《参考消息》，爷爷有一台很大的收音机，所以，他们也谈一些时事。偶尔，爷爷还请胖老头念念远方姑妈寄来的信，因为爷爷大字不识几个。听奶奶说，爷爷小时候,曾祖父送他上学堂,他总是逃回来,一次次被曾祖父打去,甚至打得头破血流,他还是一次次逃回来。每每说起这件事,奶奶忍不住地笑,爷爷也笑。我想,爷爷应该后悔过没有好好读书识字吧,所以他的三个女儿、两个儿子个个能读书看报,大伯当村干部,爸爸考大学。

我上四年级时,开始学写毛笔字。看到我的描红,爷爷总说:蛮好,好好写。一天,他拿出一顶簇新的斗笠,叫我帮他写个名字。我拧开墨水,拿出毛笔,做好了准备工作,却提笔忘字:爷爷,"礼"字是一个点,还是两个点?爷爷一直咯咯地笑着,说:不要紧的,你写,你写,就是做个数。我心想,这不是答非所问吗!可又不敢再问。最终,我把示字旁写成了衣字旁。可爷爷还是很高兴,双手捧着斗笠,看着歪歪扭扭的两个字,说蛮好蛮好。从此,他下雨天出门都戴这顶斗笠,有时晴天也戴,还逢人便说,这是我孙子写的。

爷爷是过完八十大寿再去的,他七十多岁时还在工作,因为闲不住,还能赚点香烟钱。村里有条著名的水杉路,接待过中央领导人、几十个国家的外宾,上过《人民日报》,拍过电影电视。水杉路边上有一条宽宽的水渠,抽水机从富春江抽上水来,沿着这条水渠,流进村后的万亩良田。爷爷的工作就是管这条水渠,确保水渠通畅,因为总有人用石头把水渠拦截,肥了自家,不顾人家。爷爷很公平,会把石头用锄头挖开,田里的秧苗都需要水,大家分分嘛。水渠里常常有垃圾,棒冰袋,农药袋,可乐瓶,爷爷都用锄头把它们勾出来。我曾在水杉路旁的那段水渠碰到过爷爷,只碰到过这么一次,他肩上扛着锄头,头上戴着我帮他做过记号的那顶斗笠。那时,家里养有一只猫,长什么样,我没印象了,只记得,它常跟着爷爷出去工作。一回,这只猫还抓了一只黄鼠狼回来,家里美餐了一顿。黄鼠狼的头骨,我还珍藏了好长一段时间呢。

农田不是一年四季都需要灌溉,不管水渠的时候,爷爷会侍弄他播下的抛树苗(一种柚子),一棵一棵整整齐齐、密密麻麻,像是列队的兵,长得壮,绿得亮,没一根杂草;也拾掇拾掇他的小茶园,他喝的茶叶,都是自己种出来的;还会种些白色、粉色、红色、紫色的凤仙花,红色、黄色的美人蕉。家门口就有很多凤仙花,说是防蛇;还有一丛壮实的美人蕉。花开时,拔一朵,吸一口,甜甜的,比蜜蜂采蜜还彻底,这也算得上我童年时与桑葚、覆盆子、刺头、茅草根等并列的一种野味。家门口还有一株很大的抛树,直径将近一米,这是我至今见过最大的抛树,还是红抛,年年硕果累累。成熟时,在二楼的窗口,伸手就能摘一个。爷爷会把抛肉剥出来,用冰糖、凉开水泡起来,自制抛肉罐头。这是绝对的美味,可惜现在吃不到了。说来也奇,爷爷去世后,这棵抛树日渐衰败,没几年竟枯死了。《聊斋志异》中有《橘树》,《搜神记》中有《树神黄祖》,神神怪怪难以让人相信,但我相信树也是有感情的。在爷爷的辛勤劳动下,不管是嫁接,还是种子发芽,大抛树的子孙后代布遍十里八乡,它也算寿终正寝。

种花种树是爷爷的一点乐趣,麻将钓鱼才是他的爱好。年轻时,他大赌过,败了不少家财;年老时,打打小麻将,一打打半天,光摸不看就知道是什么牌。坐在牌桌上,抖抖腿,吃、碰、红中杠、胡,噼里啪啦洗洗牌,富有节奏感。他技术精湛,但从不在家里摆麻将桌,总是出门去打,也从不教人打麻将。我爸爸就不会打麻将,在我的记忆中,他的哥哥姐姐妹妹都不会。有时,我看到爷爷在村里打麻将,就走过去看看,他总是说:回家去,小鬼头不好学麻将的。我高中毕业的那个暑假,学会了打麻将,得到过外婆的指点。如果爷爷还活着,我可以陪他打几圈?估计不行,他会骂的。

至于钓鱼,我从没看到过他怎么钓鱼,只听长辈们偶尔讲起。但我知道,他床底下放着一个大竹篮,里面装着很多鱼钩鱼线。鱼线很粗,缠在一截截精致的八面的两头空的毛竹筒上,长一百多米。趁他不在家,我去偷过好几回鱼钩,为此还闯过不少祸。有一天,他兴致勃勃地跟我讲故事:一天晚上,他去富春江边钓鱼,突然啪的一声,压在鱼线上的瓦片掉了,鱼上钩了。他赶紧拉线,与鱼儿拉锯,鱼线收了又放,放了又收,颇有点《老人与海》的味道。可惜最终是鱼儿胜了,鱼线放光了,连缠鱼线的竹筒都被鱼儿拖走了。以他的经验,经过这一番拉锯战,鱼儿也累得差不多了,应该跑不远。第二天一早,他背着网兜,沿富春江而下,碰碰运气。大约走了十多里路,他猛地看见自己的那个竹筒浮在江边,随着轻轻的波浪忽上忽下。他捡起竹筒,套在手上,拉线掂量掂量,还是很重,便知道鱼儿还在。于是,又是一番拉锯战,终于把鱼儿拉近身边,套进网兜里,背回了家。这是一条长一米五左右的大草鱼,已经把鱼钩吃进肚子里了。须知香饵下,触口是铦钩啊。

　　我总是好奇,这么大的鱼是用什么诱饵钓的,好像爷爷从来没有细说过。我后来在爷爷的侄儿、我的堂伯那听说过,他曾跟着爷爷钓过鱼。在岸边用三根木棍搭一个架子,两根插泥里,一根横绑在上面,形成"廾"字形;把鱼钩包在嫩嫩的玉米棒上的叶子里,扎紧扎好;涉水把鱼钩放到远处,鱼线用一块不大不小的石头压牢,防止诱饵随水流飘动,诱饵呈悬浮状;慢慢把鱼线放回来,搭在架子上,竹筒套在一根木桩上或用石头压着;再在鱼线上压一小片瓦片,当鱼儿来吃食,肯定会拉线,线一紧绷,小瓦片就会掉落发出声音,提醒钓鱼人鱼儿上钩了。因为是晚上钓鱼,如果用灯照着,不自然,还招蚊子,而且那时候也没照灯这个条件,何况黑暗中耳朵比眼睛好使得多。

　　虽然我没见爷爷怎么钓大草鱼,但一天放学时,我看见他在学校附近的池塘边钓黄鳝。他朝我挥手,叫我赶快回家,池塘边是不能玩的。我上学放学要经过三个池塘,我对它们很熟悉,因为过年时,池塘会被抽干抓鱼,我爱去看鱼儿蹦跳,等大人抓完鱼,还能找找躲在淤泥里的黑鱼,总有收获;夏天,也常去这几个池塘洗澡。学校附近的那个池塘叫庙后塘,旁边有个供奉郭子仪的郭侯王庙,因而得名。恰巧那几天池塘边的一小段路坍塌了,其实路很宽,走路、骑车都没问题,就是开车也没啥问题。但爷爷还是去了学校,告诉校长,要让同学们上学放学时注意,不要玩水,小心池塘。看来爷爷关心的可不止他孙子一个,后来老师还真专门讲了这个事情,叫大家注意。

拉拉杂杂说了这么多,发现爷爷是个有生活情趣,有爱心,讲公平的人。当然,他也发过火。一次有人在路边种了棵果树,这在农村是一种变相霸占土地的行为。村民走过,看了有意见,毕竟路边种了树,对拉车是有影响的,却敢怒不敢言。爷爷走过,二话没说,直接把果树拔了。那人便与爷爷大吵起来。种下,拔掉,拔掉,种下,反复几回。爷爷也没办法,不讲道理嘛,于是路边就多了棵树,原本笔直的路,慢慢有了弧度。唉!还是鲁迅说得好,地上本没有路,走的人多了便成了路。殊不知,有些弯路,是惯出来的。

给我留下深刻印象的还有几件事。那是夏日,我还小,晚上和爷爷一起睡。爷孙俩躺在床上,爷爷说要给我讲个故事,我说好啊。他强调,你要好好听牢哦。故事的题目叫"百万雄师过大江",听着就霸气,应该是个好听的故事。我认真听着——当年打仗,大部队来到江边,要过江,没有桥,也没有船,怎么办呢?只能跳进水里游过去。啵隆冬,啵隆冬,啵隆冬,啵隆冬,啵隆冬,啵隆冬,啵隆冬……我忍不住问爷爷:怎么全是啵隆冬啊?他哈哈大笑起来:百万雄师啊,都是要啵隆冬过去的啊!这才讲了没几个呢！啵隆冬……

还有一回，奶奶出门做客去了。爷爷想吃干菜肉，就买了肉回来自己烧。结果，肥肉里的油都熬出来了，干菜倒进锅里，都被炸松脆了。本来一碗干菜肉，变成了两碗，干菜和肉都是松脆的了。爷爷说，这个不能告诉奶奶。哈哈！

如今，爷爷上山多年，我都已经在奔四的路上了。妈妈跟我说过多次，爷爷临死前交代她："千斤担，百斤担，都阿爸挑了去；阿成体格不好，不可轻看他；你这一双儿女多好啊！"老人家的话，是有福气的。爷爷泉下有知，知道家人幸福安康，应该很高兴吧。

作家名片

陆生作

《少年作家》杂志原执行主编，《历史揭秘》杂志原执行主编，中国寓言文学研究会会员，浙江省作家协会会员。连续八年担任浙江省"少年文学之星"征文比赛评委及多项省级中小学生征文比赛评委。参编作文教科书《作文如此简单》。著有《蔬菜有故事》《昆虫有故事》《生肖有故事》《书虫吃菜菜》《微童话的十三堂课》等。

第三辑

一路有书相伴

掉进阅读的『抽屉』

创业之初,我在图书馆读书

冼剑立

古语有云:"腹有诗书气自华。"读书可以开阔我们的眼界,增长我们的见识,丰富我们的内在,是门槛最低的高贵。我创业之前,并不是一个热爱读书的人,但是随着年龄的增长,事业版图越来越大,读书反而成为我每日必不可少的功课。读书对于我的意义,就在于——"用生活所感去读书,用读书所得去生活,读书让我找到灵魂诗意的栖息"。

当我刚开始创业的时候,没有认识很多行业专家,也没有很多资源可以帮助我。我和我的太太两个人,一边凭借我们每日的实干来积累经验,一边从书中去寻求解决我们问题的答案。如果说一开始创业是依赖我们的勇气,第一家店的成功是因为我们的努力,那么我们能发展至今,除了努力之外,从书中获得知识,让我们的聪明转化为智慧,就是我们的强大推动力。

记得当初,我们每周会挑选一个不太忙的日子,转三趟公交车去广州市图书馆,而且要在八点多图书馆门还没有开的时候,就和大学生、考研学子们一起排队,这样才能有座位和桌子,能看一天的书和记笔记。每一周这一天,是我们最幸福的时光,我们就好像回到学生时代的恋爱时光:牵手一起走进图书馆自习。当时我们疯狂涉猎各种和我们事业相关的知识。我主攻市场营销、品牌推广,书本为我提供了很多成功企业的定位和案例,也给了我很多推广和营销方案的启发;我太太专注服装知识和顾客心理学,书中很多的知识成为我们货品组合的方法和与顾客交流的话术。中饭和晚饭的时候,我们还会交流心得,形成下一步的行动。

那时候,我们并没有很多钱,只需要花十块钱就可以在图书馆里看一整年的书,对我们来说,简直就是性价比最高的投资。这也就是我会参与"彩虹图书馆计划"的原因。我也希望,有更多贫困山区的孩子能像我一样,在图书馆里获得知识的力量,搭建起成长的彩虹之桥。对我来说,这绝对是回报率最高的一项投资。

在我的读书经历中,有两件趣事让我至今还津津乐道,我想和大家分享。广州的冬天并不算冷,但是遇到冬雨,也会让人感觉到刺骨的冰凉。有一次我们冒着雨去图书馆,做我们的一个销售方案,图书馆看书没有太多的运动量,我们只能靠热水壶暖手。我和太太两人还非常默契地穿上了被年轻人鄙视的"秋裤",但依然还是冻得不时地在桌子下轻轻跺脚。太太问我:"我们今天看书到几点回去?"我开玩笑说:"等把秋裤坐穿的时候!"说完,两个人捂嘴发笑,感觉身上一股暖流。靠着这个笑话,我们两人一直从开馆待到晚上闭馆,对面的书友都不知道换了几个人。这个笑话,成为今天我们孩子发愤图强的誓言,也是我们家庭日常的乐趣。每每说到此事,一家人都会笑做一团。

创业时,本钱不充裕,我们尽量在图书馆借阅图书,但是有一次,我们去进货时,在车站的书报亭看到一本当时畅销的成功学书籍,一看价格，我又放了回去，赶车去了。过了一会儿，太太不见了，我等了好久，太太气喘吁吁地跑过来，把刚才那本书放在我手里，说："如果用一个汉堡的钱，就可以得到这个作者在这段时间的心思和时间，不要太值哦！"

当然，当天晚上，我们两个人的晚餐就是一起分享一个吉士汉堡。所以，至今这本书还在我家的书架上，而吉士汉堡也是我们至今的最爱。

今天，我和太太不再需要去图书馆看书，也不需因为要买一本书而分享一个汉堡，但是读书仍然是我每天不变的作息。每天早上，晨跑之后，我都要朗读一段书籍，并录音在喜马拉雅上，和很多爱书却不曾见面的书友们分享。它已经成为我日常的娱乐项目。我的孩子也因此从小跟着我培养了很好的阅读习惯，这让我作为父亲，感到莫大的成就。

我一直很喜欢毛姆说的一段话，已经不记得是从哪里看的："生命的尽头，就像人在黄昏时分读书，读啊读，没有觉察到光线渐暗；直到他停下来休息，才猛然发现白天已经过去，天已经很暗，再低头看书却什么都看不清了，书页已不再有意义。"我希望，有一天我年老的时候，也能拥有这样完满的生命。我也希望"彩虹图书馆"可以伴随很多人，实现他们的理想，拥有完美的生活。

作者简介

冼剑立

六町目品牌创始人、董事长，广东省知名服装企业家，中国第一代买手店践行者。

2019年广东省连锁品牌领袖人物，2018年广东省优秀商业人物，2017年广东省商业风云人物。

我的阅读故事

王梁

我是一家上市公司的副总裁,目前分管了集团最大的业务。我做线上业务时曾带领团队取得连续六年天猫双十一行业第一的成绩,2012年及2013年还连续达到了全天猫所有品牌"双11"第四名的成绩。我还获得了长江商学院的EMBA硕士学位,在校期间获得了优秀班委的称号,并以百分之一的概率获得本届的优秀论文奖。

大家肯定觉得我是一个学霸,天生就是一块学习的料。结果可能要让大家失望了。

我的童少年都是在抗拒读书的心态中度过的,一天到晚都在镇上玩,学习成绩自然也很差,最头痛的是英语与数学,基本上没有及格过,可以说是一个标准的学渣。我对自己的学业也是失去了信心。但父亲仍然选择支持,每当我有一点进步,父亲总是放大很多对别人说,这种吹牛式的鼓励让我有点无地自容。母亲是个节俭勤劳的人,为了补贴家用总是拿点织毛衣的活在家做,赶工时经常会通宵达旦,我多次看到母亲坐在床上织毛衣，织着织着就睡着了。我和哥哥会帮着做一些打下手的工作，来分担一些，家务活自然要做不少的。

这种情况下考的学校自然很差，父母坚持让我继续读下去，并陪着我去另一个城市的学校报到，交费时母亲掏出一个手帕，里面零碎的几千元与父母的苍老刺痛了我，这一瞬间我下定决心，一定要好好学习，不为别的，就为了对得起父母的辛劳。别的同学玩，我选择了刻苦研读，最后居然破天荒地以"三好学生"毕业，并顺利通过学校招聘进入一个鞋业公司。

刚开始工作很繁重，加班是家常便饭。当时也没有太多的想法，就是觉得必须要努力一点，得学点什么才有可能改变这个糟糕的处境，于是选择读书！通过自学考试来提升自己的学历与知识体系。从此每天都要在繁重的十多小时工作之余依然自学到深夜，基础学科还好对付，对于我来讲高等数学简直是我的噩梦。我以前数学基本上没有及格过，拿到《高等数学》教科书时我下了个狠心，"每天死嗑不少于两小时，必须达到60分及格线！！"从这天起的一百多天，每天至少花两小时在高等数学上，做习题、背公式、集错题、模拟试验，因基础太差，甚至还要把高中的数学教材拿出来重新学习。终于从最初的一窍不通，渐渐开始有了感觉，从一开始碰到书就要打瞌睡，慢慢看出了滋味。紧张的考试后，我终于等到了成绩，居然考到83分，还是我们区的第三名！这件事，一下把我学习的信心点燃了，慢慢地我总结出一套自学方法，用这个方法，我一年考过了8门并顺利毕业。后来又通过自学，考上了报关员，成为公司的报关员。

1998年一个偶然的机会，来到现在的这家公司。从基层做起，认真对待任何一个可以学习的机会。有一次看《曾国藩传》，感悟于他的"守拙"并模仿养成了记笔记的习惯，每天都写一篇博客。记得在长江商学院上EMBA时，三年内记录了近40万字的笔记。学习曾国藩的一辈子手不释卷，给自己列了严格的学习计划。一有空就看书，有一年我看了52本书，还听了近300多小时的书，坐车、坐飞机时我会一直看书，开车、跑步、排队时我会听书，慢慢地我爱上了书。看到"学而时习之，不亦说乎"，开始有意识修正自己的行为。看到"吾必三省吾身"，开始坚持自省，写下自省心得近3万字。看到《大学》反复讲"诚"，于是坚持一年不说谎行动。看到佛学中的"慈悲喜舍"，开始吃了两年的素食，坚持在各种机缘下帮助他人……

我还养成了一个习惯，就是每天早晨会读诵古经典。我相信，能经过千年时间检验的经典一定是大道真理，人生有涯，学海无涯，要学就学经典，从此每天早上我大声地读诵5000字的经典古文，一天不落，风雨无阻，坚持到现在已有整整八年。

慢慢的，我感觉身上发生了一系列的变化，充满了正能量，谈吐也有了很大的提升，改掉了很多陋习，运气越来越好。把书上学习到的管理理念用到工作中去，往往能起到事半功倍的成果，我把基层的营销经验进行了提炼总结，开发出了一系列客户欢迎的课程。花了500多小时开发了"强势销售"，把这门课从最初的8小时讲到16小时，一共讲了近40场，有近万名一线营销伙伴参训，大多听后业绩能明显提升。另一课"心灵之旅"，一个人连讲了6场，近2000位学员受益匪浅。还开发了一系列的互联网营销课程、线下营销课程、管理类课程。

回想在公司的20多年的工作时间中，我经历了10多个岗位，很多开始都是救火的，最后大多能化险为夷，有的能与团队从最后一名进步到冠军团队。慢慢的，承担得越来越多，管理的团队也越来越大，职位也从最基层做到副总裁。这一切如果没有学习与读书及身体力行，我这个当初的学渣，是根本不可能做得到的。

这个世界上没有一个天生的学渣或学霸，关键还是在于心。心有信念了，立志勤学苦练，行为就会有力量！成功或失败都是累积的结果，而一本好书则是一个智者，是人生成功的行为指南。如果仔细研读、身体力行、知行合一，可以以最少的时间站在巨人的肩膀上快速提升，从而以更快的效率提升境界。

作者简介

王梁

罗莱家纺副总裁、长江商学院 EMBA 硕士学位，已在罗莱家纺（002293）供职 22 年。从基层启程，历任市场、商务、供应链、销售、电子商务、线下渠道等部门负责人。在门店运营、零售、促销、管理方面认真探索实践，总结经验。分管电子商务时，推动线上 LOVO 品牌及集团全品牌的商务电子化，曾连续多年天猫双十一家纺第一。目前负责集团线下渠道，继续为企业与客户创造价值。在传统与电商交织、追求卓越的道路上前行，渴望成功，从而影响和帮助更多的人。

人生格言：成功与失败都是累积的结果。

掉进阅读的"抽屉"

毛芦芦

我感觉自己就是在那一刻掉进书海的,就是在那个抽屉被明哥拉开的一刹那。

那年,我七岁,已经到村小学报了名,但还没有成为小学生。

夏末,家里新收了黄豆。我和奶奶去村副支书的院子里磨豆腐。奶奶推磨,我负责往磨孔里添豆加水。石磨唧唧咕咕响,豆粒晃晃悠悠漏,浆水滴滴答答流,日头吱吱溜溜滑。不久,比黄豆还胖的汗珠就滚满了我和奶奶的脸颊。

看看木桶里已积了小半桶豆浆,奶奶搁下磨推手,撩起围裙擦了把脸说:"咱们歇会吧!"

"好哦!"我欢呼着,扔下小木勺,冲向院角的水井,动作比一只干渴难耐的小狼还迅猛。结果,就把侧面走来的一个男孩手中的某样东西,撞得嗖嗖飞了起来。那东西飞呀飞呀,"啪",掉进井里去啦!

"对不起!对不起!我马上给你捞!"我说着手忙脚乱往井里丢下

水桶！打上来一桶又一桶清水，却没有捞到那东西的半根毫毛。

"你要把它赔给我！赔给我！"男孩挥着手在一旁嚷，好凶！

奶奶要来帮我，却被那男孩劈头劈脑地推开了。

当我第八次把水桶扔下井去时，我的泪水也跟着"扑扑""扑扑"掉下井去。我哭了，哭得愧疚、委屈又绝望。

"算了，别哭了，我不要了！"我怎么也没想到，那男孩的凶蛮盔甲，会被我的泪水一下子冲成一摊稀泥。

看男孩默默转身朝家走去，我忍不住问："掉井里的是什么呀？"

"图画书，《渡江侦察记》！"听得出，男孩的声音好郁闷，"昨天才买的呢！"

"哇，是本新书啊……"我暗吸了口气，顿时，一股惋惜的潮，猛地漫过我的心坎，冲上我的鼻窦。我，又呜呜大哭起来。

图画书，那可是我的梦想之核、渴望之蒂。每次一见别人手中拿着那宝贝，我的口涎就会不由自主在喉头汹涌成洪水；每次和小伙伴去乡供销社玩，我都会倚在卖书的柜台前，用渴望的目光拼命钻那厚厚的玻璃，想把玻璃钻破，把里边所有的书都用目光吸出来偷回家。因为那时候，"书"对于我家来说，绝对是个稀罕物。我出生于一个典型的农民家庭，家里的大人，一个个都非常勤劳，一个个也都非常疼我、爱我，可由于他们心里只装着稻田、麦地、桔园，他们做梦也没有想到他们的孩子会是一个"异类"，会对"书"这种陌生的小玩意产生强烈的暗恋之情，所以，我在上学前，就从没收到过"书"这样的礼物！

而刚才，我居然把一本崭新的书，撞到井里去了。哦，我真是天底下最大最大的蠢货！

我越想越伤心，越哭越起劲，奶奶完全被我哭糊涂了。那前脚刚刚跨进家门的男孩，也被我哭僵在门槛之上。

"哎呀，不是说算了吗？我不要你赔了，你怎么又哭？"男孩带着投降的口吻吼道。

"我是舍不得那书，舍不得那书！"我也冲着他吼，不是故意的，实在是心疼难忍。

男孩沉默了。好一会，有一双瘦巴巴、汗滋滋的小手拉住了我不断抹泪的双手："来，你跟我来！"

说着，男孩将我牵进了他家。

那是一幢很老很老的雕花木屋，门后就是一架宽宽的大板楼梯。男孩不声不响将我引到楼上，然后，在一个乌洞洞的旧木柜前停了下来，对我眯眼一笑说："注意了啊，看里边有什么！"

话音刚落，那柜子的抽屉就被男孩飞快拉开了——我只觉眼前一花，然后，整颗心整个人就轰地掉了进去。因为那抽屉里，塞得满满当当的，可全是连环画！

好一个神奇的破抽屉呐！

"你看我有这么多，你就不要为刚才的那本难过啦！"男孩真挚地盯着我的眼睛，安慰我！我呆呆地望着那神奇的抽屉，两挂瀑布般的泪水，又不由自主飞出了眼眶。

"天哪，你怎么还哭？"男孩完全手足无措了。

我没有理他，而是倚着那个沧桑的老木柜，倚着柜门上一朵木雕的芙蓉花，双腿摇摇晃晃地跪了下去，把脑袋狠狠、狠狠地抵在那些书上……

那一刻，我真切地闻到了书的香味，那么浓郁、那么幽远、那么清新又那么隽永。书的香，跟大豆、小麦、谷子、橘子的香味截然不同，但又异曲同工。当我把头抵在那些书上的时候，我仿佛走进了一片永无尽头的原野,那里花开不败,鸟鸣其幽;那里流水淙淙、白云悠游;那里牛羊成群、牧铃声声!那里,更有无数颗怦怦跳动的人心,在呢喃、在哦吟、在祈祷、在祝福,在为一切美好的事物喝彩和歌唱。

我就那么虔诚地跪着,向一抽屉墨香弥漫的小人书,交出了我整个生命……

也不知过了多久,楼下院中的石磨又"唧咕""唧咕"响了起来!但为奶奶添豆加水的人,分明不是我,因为我的手,因为我的心,还被神奇抽屉里的那些图画书牢牢粘着呢!

是神奇抽屉的主人明,在帮我的奶奶打下手!

而掉进神奇抽屉的我,从那小小的一角出发,已经在读书、写作的路上,走了很久很久、很远很远……

上学后,从小学第一年开始,语文就是我学得最轻松的一门学科。因为在课外,我把村庄中能借到的连环画、小说都借来读了。那些书上,无论哪一个故事,对我这农家女孩来说,都是一根神奇的魔法棒,能带着我的想象,一会儿上天一会儿入地,把最广袤的宇宙直接塞进我的小脑瓜。那些书上,无论哪个汉字,都是一颗美丽的宝石,能把我这山村丫头平淡无奇的生活,被装点得光彩熠熠、璀璨无比。虽然搜遍整个小村庄也没有几本像样的课外读物,我的阅读量跟城镇的孩子相比,其实小得可怜,但这些阅读,却给我学习语文带来了极大的帮助。我无论在小学还是在中学,总把三分之二的精力放在对付数学上,但每次考试,语文却总是把数学远远地甩在后面。

正是那一本本的课外书,为我的语文学习垒起了一条便捷的通道。虽然我直到进了高中,才第一次跨进真正的图书馆,才第一次走进市新华书店,但在那些远离图书馆和书店的年少岁月里,在那一本本藏在猪草篮和柴草篓里的"闲书"身上,我已经深切领悟到汉语的无穷魅力。

这一辈子,我之所以能安安静静地守着一张书桌过清寒的书生生活,之所以能一笔一画地写出一篇篇散文、一本本小说,正是源于小时候那个磨豆腐女孩强烈的阅读兴趣啊!

正是这强烈的阅读兴趣,照亮了我年幼蒙昧的心灵,指引了我一生所走的道路。所以我要说,现在每一个正走在求学路上的小弟弟和小妹妹,无论你的课业多么繁忙,都一定要为自己挤一些课外阅读的时间出来。因为这样的阅读,不仅能使你驾轻就熟地学好语文,而且能为你狭隘的生活打开一片适合心灵飞翔的天窗,能帮助你的一生在各个事业领域飞得更高更好!

作者简介

毛芦芦

原名毛芳美,研究馆员,中国作家协会会员,浙江省作家协会儿童文学委员会副主任,浙江省青少年作家协会副会长,浙江省散文学会理事,衢州市作家协会副主席,现任衢州市文化馆文学指导,享受国务院政府特殊津贴。迄今已发表文学作品五百余万字,出版八十余部图书。曾六获冰心儿童文学奖,两获浙江省"五个一工程"奖,还获得"东丽杯"全国孙犁散文奖、全国梁斌小说奖,"周庄杯"全国儿童文学短篇小说奖,"接力杯"金波幼儿文学奖等,代表作有《芦花小旗》《亲爱的小红枣》《点街女孩儿》《小米粒,吃春天》和"战火中的童年"四部曲,毛芦芦风铃儿书系、毛芦芦守望童心书系、毛芦芦童心花园书系,长篇童话《亲爱的小狼大傻》书系等。

1995，在《飘》里飘

陈丹玲

清楚记得，合上书的那一刻，我感到了无力和瘫软，故事就这样结束了，我却有些不甘心。

为思嘉的苦苦挽留不甘，为瑞德的深深绝望不甘，为梅兰妮的融融善意不甘。

对不起，请允许我这样简化地称呼《飘》里的人物。人与人之间熟悉到可以简化的程度，这本身就是一种深切的情感。相对于后来的影视名"乱世佳人"，我更喜欢"飘"这个书名，不仅更切合英文本身的意思，而且更具有隐喻性质，令人深思。只是莫名不想去读作者玛格丽特·米切尔的传记和相关资料。我承认很多时候喜欢作品超过了对作者的喜欢，想来这才是对作者最大的尊重。上面历数的一男二女在作品中绝不是烂俗的三角恋关系，经典之所以谓之经典，它绝不允许人物关系、生活遭遇和人生命运那么简单和庸常。

读《飘》是在上初一那年的暑假。正午慵懒，蝉鸣阵阵，我在吊脚楼上沉迷阅读，也在小说情节里辗转悲欢。美国南部大地上的美丽庄园，一群无所事事又虚荣至极的年轻人对战争莫名狂热，一段又一段执着到执迷的爱恋，一场又一场生活的支离破碎，让作品中的思嘉、瑞德、梅兰妮这三个人物构成了我青春期的斑斓夏季。那一年，夏花烂漫，瑞德从书中来到我的心里，以致后来，瑞德的形象成为我最初对爱情最美好的想象。

我不能说有多么喜欢思嘉，但阅读的从始至终我都为她担心又担惊。明明感觉梅兰妮不是我太愿意亲近的人物，但内心对她的敬意却是不能消除。有句话，我是不忍心说的，觉得会对不住小说里那么多优秀的男士，比如忧国忧民的艾希礼，比如单纯可爱的查尔斯。但，不说真不痛快，我深深喜欢的始终是瑞德！

也许是正处年少时的叛逆期，被瑞德的幽默、见多识广、阅历丰厚、精通人情世故，还有那么一点点狡诈，甚至是富有所吸引。舞会上，他对腐朽的道德观念轻蔑一笑，对战争玩世不恭，给火热的空谈泼一盆冷水，然后潇洒离去。瑞德在各种情况下的"英雄救美"都勇敢淡定、胜券在握。若他嘴角挂起一点笑意，再抽出一支雪茄，淡定地点燃，你可千万别误会，那也许不是好意，而是他看见事物本质之后的嘲弄，或者不屑。这一切都令叛逆期的我们着迷。

然而现在想来，不得不承认睿智、勇敢、深情这些美德潜藏在瑞德的身上。同样是战争，在别人看来那是荣耀和战利品，是青春的狂热和追逐情人的标配，而瑞德看见的却是人的愚蠢和虚伪，是战争的无助和悲剧。多种场合，瑞德无情地嘲弄美国南部一群"无私高贵"的人们和他们口口声声喊着的"伟大"战争，在关键时刻，他又偏偏倾尽所有、鞠躬尽瘁。寻欢作乐的绯闻总是和他形影不离，给家族蒙羞的丑闻也是尾随前后，但这些又怎样，瑞德永远清醒地知道他该做什么、内心要的是什么，正如他一直深情地爱着一个不靠谱的思嘉。

　　毫无疑问，瑞德是一个真性情的人，永远尊重自己的内心，正是这种做人的真实，让他孤独、离群。记得英国作家伍尔夫曾在演讲中把女人比喻成男人的镜子。思嘉就是瑞德的一面镜子。瑞德从思嘉的身上清晰地看到了自己，她是他孤独时刻唯一认可的同类，性格的相似度让他们有了很多的默契，而同时，两人又彼此照见了各自灵魂上的斑点和缺陷。这样的两个人相处起来该多么生动，多么痛楚，彼此默契配合又相互嘲弄与讽刺。战争的现实让思嘉依赖着瑞德，因为孤独和性格，瑞德对思嘉的爱义无反顾，战火连天，牢狱之灾，都没阻止过瑞德对思嘉勇敢、坚韧、执着品质的欣赏，对这个任性、现实、自私到令人嫌恶的姑娘的包容，爱意依旧。偏偏思嘉心里装着的人，是艾希礼。

　　读书时，我想，瑞德命该如此，思嘉就是另一个活脱脱的他自己，瑞德不得不爱、不能不爱。此为作品表达的绝望之一。

　　说实话，思嘉这个姑娘我确实不那么喜欢，因为无论如何我都不能说她单纯，只能说她在战争中、在青春中那么浅薄。比如，她得知艾希礼与梅兰妮订婚之后，毫无思索就答应嫁给查尔斯，那是一个单纯可爱的男孩，后来死于战争。当然，除了艾希礼，思嘉最擅长的就是将男人们的痴心踩在脚下，后来瑞德也是拜她所赐，直到愤怒和绝望。除此，我甚至觉得她偏执和自私，随着战争的蔓延和深入，思嘉变得那番现实，现实到不择手段，为保庄园，她抢了妹妹的未婚夫，我们都知道，那明明不是爱。可以说，她对那片土地有多热爱，她有多勇敢、坚韧，不顾一切追寻自己要的东西，她就有多偏执、狭隘和自私。她是一个活得狠狠的、做事狠狠的、爱得狠狠的姑娘！

　　不过，思嘉却是一个可爱的姑娘。木兰花一样的白皙，这是美国南部女子少有的天赐，她任何时候都保持乐观，做事必须想到有自己的好处才肯干。你看她，倔强地认为自己从没爱过瑞德，一心等着艾希礼从部队回来，即便人家已经娶了梅兰妮，她也一遍遍地倾诉爱意。这当然与做第三者无关，思嘉没有破坏别人家庭的心思和动机，她一直固执地认为自己就该嫁给艾希礼，为嫁给艾希礼而生。艾希礼的妻子梅兰妮在她眼里什么都不是，貌似不存在。可是这份单相思和战争偏偏又将她和梅兰妮捆绑在一起，而她的绅士、英雄艾希礼连个人影都难得一见。战争打到门口，梅兰妮正临产，她一边妒忌和诅咒梅兰妮该死，一边又不顾一切地留下来接生和陪伴，最后求瑞德驾马车穿过战火离开小镇。一路上她骂骂咧咧，怨恨、牢骚满腹。这点倒是让我每每读来都不禁莞尔，唯有此处看见了这个姑娘的单纯。穿着丧服，她也争着答应和瑞德跳舞。她与母亲道别，说是要进联盟部队做救护员，心里想的却是那里可以跳舞、可以有很多情人……

思嘉在她深爱的那片土地上，不论是生活、战斗、建设、谈情说爱，她都能千方百计、不择手段地取悦自己，这种野蛮生长的能力让她像草木一样蓬勃旺盛。我深深喜爱她的至理名言：Tomorrow is another day。愁绪千千结，白发三千丈，她都要好好睡一觉再说。明天会更好。

然而，思嘉是绝望的，她的绝望在于战争，战火不断。她的绝望在于她只爱现实，只爱眼前，她连象征生命延续的孩子都视若无睹。也许，我们可以体谅，说战争的残酷就在于此。父亲离世，庄园摧毁，梅兰妮离开，白瑞德决绝，彷徨孤独，注定了思嘉的绝望。此为作品里表达的绝望之二。

我对梅兰妮的情感有些复杂，有些暧昧，不像对瑞德一样挚爱，不像对思嘉一样爱恨参半。女人的美好该有两种极致。一种像梅兰妮，贤妻良母，温良柔善。一种像思嘉，坚韧勇敢，野蛮生长。而正是因为梅兰妮的温良善意，这种母亲一般的姿势和宽阔，在战争的铁蹄下显得那么可贵，那么稀缺，让人觉得她那么不真实，但又不能说是假意。梅兰妮是母亲的形象，尊贵、善良、美丽，不容侵犯。而人们渴望的善良、好意、温柔、宁静在战争中是多么脆弱和缥缈，轻易被摧毁。因此，这就是作品要表达的绝望之三。

阅读《飘》我无限感叹：人类如此绝望，却又如此深爱！思嘉不讲条件地深爱故土，不讲道理地情迷初恋，十分倔强地认为不爱瑞德，结果在失去中醒悟和苦苦挽留。Tomorrow is another day，我隐隐感到她又将弄出什么幺蛾子。为此，我还是长长呼一口气吧，除了为她的情感表示遗憾，不再为她的活着担心担惊。

瑞德呢，这个我一直默默挚爱的男人，在得知思嘉心里依旧装着别人时，他从愤怒和绝望中走出来，依旧那么潇洒，笑意挂嘴角，将所有感情转移到女儿身上，直到女儿骑马摔下，离开人世，瑞德的情感世界彻底支离破碎。离开吧，瑞德，像以往一样洒脱，一样具有风度。我轻轻地说。坚信如瑞德一样的男人，一笔沉重的感情账不会彻底击败他，只会更加增添他的魅力。不然，今后我将没法喜欢他。

梅兰妮和她所生的孩子从头至尾都是柔弱的，她需要保护，然而她是幸运的。作为母亲，这世间有思嘉、瑞德、艾希礼以及千千万万的人捍卫她的尊贵和尊严，以命相护。母性的柔弱只是相对的、短暂的，而爱和善良是永恒的，不败的。

拿出所有勇气，在绝望中依旧深爱，唯有爱才能重获希望，除此，别无他途。现在想起来，名著的魅力就在于此吧。

Tomorrow is another day！

岁月教会我读懂《飘》。

作者简介

陈丹玲

贵州印江人,中国作家协会会员,鲁迅文学院第33届青年作家高研班学员,有作品在《散文》《天涯》《民族文学》《美文》《山花》《湖南文学》《四川文学》等发表,出版《露水的表情》《村庄旁的补白》等。

遇见《小王子》

周华诚

冬天都要过去了,终于下了第一场雪。那天下午,我提早两小时下班。突然多出来的两小时,我决定奢侈地花掉它。

我绕过两个红绿灯,走进了一家咖啡馆。点了一杯咖啡,然后找了一个角落坐下来。外面正在下雪,顾客推门进出,外面的冷风就灌进来。咖啡馆的门上挂着的铃铛,也就时不时响起。很快,我就被一本书带走了。

我手上捧着一本书,那本书的封面被我故意地遮挡起来,以免被周围的美女们看见了取笑。那本书,是《小王子》。早上出门时,我顺手从床边拿起这本书,这本《小王子》是我女儿的书。

就这样,在一个街角的咖啡店,我打开一本书,然后认识了小王子。在一个一天能看到四十三次日落的小星球上生活的小王子,跟我认识得太晚。当我一页一页地读下去,我整个人都完全投入到小王子的世界中了。咖啡店的老板,门口的风铃,屋外飘扬的雪花,统统被关在了书的外面。而与此同时,我心中的快乐和悲伤都愈来愈重地累积起来。

一个人在年近四十才读他应该在童年读的书,这样一想我就觉得太可怕。这也让我想到:你永远无法知道自己已经错过了什么。

　　我又悲又喜地把那本书读完,起身时心满意足又忧愁地叹一口气。当我走出咖啡馆,雪还在下着,但是我觉得那两个小时比一天都要久,那一天比一年过得还要值。是醍醐灌顶,还是当头棒喝,我不知道。只知道那是一场错过许多年之后的相遇。

　　那一天的阅读情景深深地印刻在我的记忆当中。在那之后,差不多一年时间就轻轻地流逝过去。到了又一个深秋时节,我在这个城市的图书馆里,很偶尔地听到一场作家阿来的讲座。

　　阿来的讲座,本来有一个宏大的主旨,但是他抛开那个印在纸上的主题,静静地聊起自己与文学的相遇。

　　阿来说了许多的话,在某一个地方他话头一转,聊到了童话。他说真正的童话,不只是给小孩子看的,大人也可以看。然后,他说到自己有多么喜欢《小王子》那本书。他说他不是小时候看的,他也是成年后才读到它。他说,那是一个叮当作响的作品。每当他心情郁闷的时候,就会看一看那本书。那一刻,我感觉,文学的世界真的太奇妙了。

　　写下《小王子》的作者安东尼·德·圣埃克苏佩里,这个本职工作是飞行员,业余身份是作家的家伙,就这样跨越时空,与一个一个具体而模糊的读者在不同的场景下相遇了。然后,我们拥有了一个共同的世界。

　　后来我多次回想起在咖啡馆翻开《小王子》那本书时的画面。我觉得它就像一个隐喻。一本书就好像一个人,那个人迟早会在你的生命中出现。来得太早,或来得太晚,都不合适。恰恰在最合适的时候,它来了,它准确地击中了你的心。

　　只要遇见,一切都还来得及。

作者简介

———————

周华诚

  中国作家协会会员,其作品在众多文学刊物发表并入选多种年度选本。出版《素履以往》《一日不作一日不食》《春山慢》《寻花帖》《廿四声》《空山隐》等二十多种作品,获三毛散文奖、草原文学奖等。

不逝的《青春之歌》

六六

近期手上正在读的，是格非的《江南》三部曲。不知名的江南鹤浦小城，三代人的人生宿命，在出差的飞机上、高铁上阅读，跌宕的情节，现实的工作，周遭风驰电掣的城市变幻，形成独特的读书体验。

读书的时间都是挤出来的。每年给自己列的读书计划是50本，种类不限，爱好随心。历史的，散文的，政经的，小说类的，一年年累积下来，闲时翻翻书目，大有农民伯伯检阅丰收田野的喜悦。

喜悦的田野深藏于内心，日渐丰茂。尤其人近中年，这种喜悦是时间、知识、阅历的同步共进，不偏颇，不激进，稳定而平衡。如果说，这种喜悦是从人生中读的第一本书开始，它的名字叫"青春之歌"。

拿到《青春之歌》是很偶然的机会。在我读初中的年代，城里只有一家新华书店，除了教辅，书籍寥寥。课外书被定义为闲书，更是奢侈品。初二的夏天，漫长的暑假开始了。热燥的日头，枯燥的作业，聒噪的知了，都因为一本书而改变。

至今我仍记得书的封面。雅白的底色，一个齐耳短发的姑娘，一身蓝衣的黑裙，颈脖上系着红色的围巾，随风飘扬。姑娘面目沉静，眼底似有火光跳跃。与她的表情相称的，是书的名字——青春之歌。作者杨沫，书法体的黑字，写在书名下，也写进我心里。

林道静是《青春之歌》的主角，更是我青春时代认识的第一个跨越时间和空间的女性。她出生在新旧交替的年代，成长于富裕却利益倾轧的家庭，结识了救她于危难却分道于价值观的初恋余泽平，与鼓励她独立自主、追求人生价值的精神导师卢嘉川、革命伴侣江华，共同成长，最终她成为她想要成为的人。书的最后，给了一个开放式的结局。林道静被捕入狱，受尽酷刑，支撑她永不放弃的，唯有信念。

我常常在午后，等父母上班去了，姐姐们在自己房间写作业，独自在客厅窗下的沙发上，反复地看这本书。大院里的小伙伴们，在窗下喊我去玩，嬉戏玩耍的热闹被狱中受苦的林道静打消了大半。每次翻到书的最后，文字虽已结束，林道静的命运却仍在继续。厚厚的一本书，写得尽时代的动荡和人物的波折，写不尽女性对个人价值的追求。不知何时，泪流满面。

多年以后，在经历考学读书、远离家乡、在人生道路上不断前行的时候，我才恍然明白，新的世界早在那年的夏天，被林道静和她的青春之歌悄然开启。

在暑假结束之前，母亲发现了这本书，触发了一场青春风波。她大发脾气，将《青春之歌》定性为爱情小说，反复追问这本书的来源。姐姐战战兢兢，不敢言语；我站出来说，书是我从同学那里借来的。一顿劈头盖脸的教训后，风波平息。

其实，《青春之歌》是我从姐姐书包里发现的。但是它的阅读者是我，它带来的所有关于青春的风波、青春的领悟、青春的记忆,也都应由我来承担。或者,这也是林道静告诉我的道理。

新的世界,是青春之歌;与新的世界相处的方式,是持续阅读。阅读既是对青春之歌的恋恋不舍,更是青春不逝的期许。

青春里有《棋行天下》讲述的董明珠由下岗女工人攀登至格力掌门人的波澜壮阔,有孙皓晖十年磨砺的《大秦帝国》的纵横捭阖和爱恨情仇,有张爱玲深刻描述"华丽的衣袍上布满虱子"的《倾城之恋》等小说,有路遥《平凡的世界》三部曲的人生悲怆与拼搏,有龙应台《天长地久》里的细腻入微的母女深情……青春里还有林语堂谈苏轼,朱光潜谈美学,蒋勋谈生活,吴晓波谈企业,吴敬琏谈经济……

阅读给予知识,更于生活无声处,给予乐趣,也给予滋养。

清晨若是读宋词,可以选苏轼或是李清照,词风雄壮,词调清雅,像是牛排配着清粥,很有营养;晌午可以看看财经类或者生活类杂志,放在办公桌案头的,一本是《第一财经周刊》,一本是《安邸 AD》,还有一本是《GQ》。财经时事,生活美学,时尚流派,像是饭后餐点,芝士、可颂还有抹茶,可盐可甜,口味丰富。遇到喜欢的文章或者家居设计,陡然惊喜,剪贴下来,放入抽屉中,想着哪次写文字可借鉴,或者以后再装修新居也有中意的风格备选。这种滋味,无异于吃甜点吃出了米其林三星的感觉。入夜后,一天工作繁杂褪尽,书房灯光聚焦调亮,投射到通顶书柜上。案头常常放孙犁的几本小书,读名字就觉得清香入鼻。《尺泽集》《秀露集》,淡雅的字,质朴的文,像醇茶,最能抚慰心灵。

时光流逝,年岁渐长,阅读之乐和阅读之养灌溉的青春田野,始终郁郁葱葱。生活也因此充满动力,和青春少年时候一样,还有很多事想做、想尝试。譬如继续坚持跑步,约上几个伙伴,围着西湖,跑出一朵西湖玫瑰；譬如美食，三五谈得来的女性朋友，某个工作日的雨夜，开车去西湖边的文艺餐厅，听雨，喝茶，谈下家庭、工作和孩子。

所幸，生活里还有那么多有趣的人，有趣的事，有趣的理想。在我写下这些文字的夜晚，杭州由春入夏。桃红了柳绿，水碧了又清。每到这个季节，我总是习惯在家里养数枝百合，粉的白的，芬芳扑鼻，不辜负窗外的花香馥郁。

作者简介

六六

现居杭州。企业管理者，文字爱好者。早年曾为多家都市报专栏作者，其中，为《深圳商报》"深圳新语"专栏撰写的《37℃女人》一文对新都市女性的定义，以及为杭州《都市快报》"浓情小说"专版撰写的《陌上人如玉》一文中的诗词，已成为国内网络流行语录。

诗人的少年时

许志华

我出生在钱塘江边一个叫小叔房的小村。1971年末一个飘着小雪花的早晨，母亲生下我。那一天，我在城里做工人的父亲正巧休息，他一早骑车回来，经过九溪的时候遇到村里人宣洪，宣洪告诉他：云莲（我母亲）给你生了儿子。父亲特别高兴，蹬着车子飞快回家。一进小叔房，见人就讲，我家云莲生了儿子。

我童年最早的记忆是"斩脚筋"。一岁的我站在造于1966年的老宅前的院子里，我的外婆一手拿着几根稻草一手拿着一把明晃晃的菜刀向我走来，我不明底里，有点怕，转身就走，她就追在我脚跟后一刀一刀断草，等我逃出十几步远，我听见身后传来外婆的笑声。仪式结束了，从那天起我会走路了，一步步向我的世界走去。

我出生后第二年村里筹办小学，在杨天明校长的鼓动下，母亲离开村里的代销店，当了乡村教师。那年父亲被抽调到宝石山下挖防空洞，一挖就是五六年。我对那几年的父亲几乎没有印象，只记得他有一次带回来一纸包炸得金黄香脆的大麻花，诱人的麻花就放在厨房土灶的高处。那是一个贫穷得没有什么东西吃的年代。

  我四岁时，弟弟一岁。母亲要教书，弟弟未断奶，又是农忙时节，外婆管两个孩子管不过来，母亲就送我去黄龙洞挖防空洞的父亲那里待了整整一个月。这是我和父亲在一起最长的一段时光，是最温馨的时光，也是我感觉孤独的一段时光。早上有一壶稀的牛奶，中午午睡醒来有一根冰棍。父亲对我很好，但父亲劳作的时候没法管我。白天，除了吃午饭，都见不到一次面。那时，我一个人坐在工棚外朝向远处马路的大树下，看马路上很少的公交车去去来来。公交车停下，车门开了，过一会车门关了，过一会公交车开走了，每次都没有见到母亲从车上下来。开始几天很想妈妈，后来认识了住在附近的几个小孩，就一起玩纸烟盒做的拍子，也去树林里玩捉迷藏。父亲休息的日子，会带我去纪师傅那里喝酒。纪师傅是个木匠，他的小屋子里有几把雪亮的斧子，我怕他的斧子，也怕他的胡子。他会突然抱起我用粗硬的胡子扎我的脸，后来每次见他要抱我，就连忙逃开。但纪师傅很喜欢我，我七岁那年父母搬出老宅自立门户，他专门给我做了读书写字的一张小桌子和四个小凳子。在父亲那里待一个月，我的做电工的寄爸来看我，回去和我母亲说我已经会给他泡茶了，人也养得白净和胖起来。

  书本是香的，书页是香的，书页里的字和图画都是香的，这是我一年级发到书本后的感受。小学里，自从上学，我就是个书呆子。等我识字多一些能看书以后，回到原单位上班的父亲常带来厚厚的小人书给我看。四年级读完后的暑假，我在学校发现了一个大矿藏。好奇的我翻进一个窗户破了一角的房间，发现自己掉在一个巨大的书堆上。随手拿起一本，都是我从前没读过的，很多书都吸引我。那时候每隔一天，我就去无人的小学"借阅"一两本,看完了就回去换新的书读。自从发现了"宝贝",我哪里都不去,就躲在自己楼上,废寝忘食地看书。每次吃饭的时候,母亲总要叫上很多遍,我也总是装作没听见。那是一段如饥似渴的阅读时光,暑假过完,我的眼睛就近视了。我记得那时最爱读三国,读了总有两三遍,读得都记到心里去了。有一次一个年长的长辈到我家做客,饭后,他要我给他讲"大书",我就讲关云长过五关斩六将的那几章,关羽斩颜良、斩文丑和拖刀计什么的,把他听得都入了迷。听了快半个下午,还意犹未尽。

我第一次接触"诗"是在一部电影里,是我父亲带我在厂区附近的电影院看的。电影的名字已经忘了,电影的内容也忘了,我只记得里面有这样一个场景:一个父亲给他六七岁的女儿写了一首诗,就在长满青草、阳光斑驳的庭院里,他掏出一张纸轻轻地给坐在身边的女儿读诗。我和我父亲立在坐满了人的电影院的过道上,我记得那一瞬间好像有一阵奇异的风掠过头顶,我的身体像过了电一样。一股暖流涌遍全身。多年以后我开始接触印成铅字的"诗",我就一再想起那个温暖的场景、那种奇特的感受。一个温暖的读诗的声音轻易把我的幼小的心灵穿透。

书看得多了,写作文自然有文采,当你要描述什么、表达什么的时候,准确生动的词语会自动来到你的笔端。小学中高年级,我的作文一直是班里的范文。记得一次考试,上面来了一个教研员,语文老师葛老师带教研员专门来看我写作文。但我没有按照葛老师之前的交代写我曾写过的那篇作文,我想写一篇新的作文,大概没有写得那么好,教研员走后,我被葛老师狠狠批了一顿。五年级的时候我代表学校参加镇里的作文比赛。记得那题目是写田野秋收的,写到后来,小时读过的《悯农》诗跳入脑海,我就在描绘了辛苦忙碌的秋收场景后,用《悯农》诗做了结尾,"谁知盘中餐,粒粒皆辛苦",因此得了一等奖。

我的中学是在白茅湖，袁浦中学的老校区读的。我的语文老师是韩和顺老师。我很感谢他，每次作文批改他都非常仔细，而且总不吝鼓励和赞赏。有一次我写农村人生孩子，男人在老婆生女儿前后的态度变化，反映农村重男轻女的落后的思想观念，洋洋洒洒写了几千字。那次韩老师在课上全文朗读，作文本发下来，除了看到文句修改，我看到作文后面那句让我一生难忘的评语：你将来会成为一个作家的！读中学的时候间接影响我的是几个写诗的同学。那时候诗人孙昌建老师正在袁浦中学教书，他教过的一个学生正好是我的邻居，比我大三岁，彼时已在卫校读书。爱写诗，他有一句"冬天，棒针衫好大好大的透气孔"，青春无敌，热情洋溢，我一直记得。还有我的一个徐姓同班女同学，在一次班队课上，她接连朗诵了自己写的三首诗，其中有一首写小鹿：紫色的花朵，追梦的小鹿的意象背后是一颗爱幻想的纯真的少女心。女同学的诗给了我强烈的震撼，后来，我也开始写像"诗"的句子，涂涂改改，为伊消得人憔悴。徐姓同学，去年同学会遇到她，她已是本城知名的律师。但对当年写诗的事情，她已忘得差不多了。至于昌建老师，是我中学三年想遇见却从没有遇见过一次的神龙不见首尾的诗人。多年以后，我在一本诗刊上读到他的《爱鸟周》，他写那把生锈的老猎枪的枪管弯成了树枝，已经生出了绿叶，已经成为小鸟的栖停之所，我一直记着《爱鸟周》的美好。

　　我想说说我的处女作，写一只在海边独自哽鸣和在波光中起舞的白鹤：也只有在梦里 I 我苦苦追觅它的踪影 I 也只有在梦里 I 我用我热烈的双手捧起它悠然的哽鸣……

　　我十五岁那年父亲去世，我想那时我是一个忧郁的少年。十七岁的时候我考入杭州师范，离开乡村去了城市，依然还是懵懂无知和忧郁的少年。世界和我，还隔着一首诗的距离。一首诗是桥梁，连通世界和人的心灵，给人温暖，给人安慰。一首诗，又一首诗，生命有尽诗不尽。一首好诗是让人疼的，如同蚌含着沙石，作为异物的沙石经历时间可以孕成珍珠。在人生中或许也要孤独地磨砺很久，才能写出一首真正温润和光亮的诗。一首温润和光亮的诗，当你在心里轻轻地诵读它，它就成了秘密的桥梁，带你返回纯真的少年和如诗的故园。

作者简介
————
许志华

1971年生。体育教师，诗歌爱好者。曾在《诗林》《诗歌现场》《江湖》《潮诗刊》等刊物发表少量作品。著有《乡村书》，与人合集《禅意诗十家》等。

内心的世界永远自带一个小小书房

周水欣

我的父亲在上个世纪五六十年代响应国家号召,支援边疆铁路建设,20 来岁的少年,背起行囊,说走就走,离开江南的家乡,千里跋涉来到西北边陲,真的是历经艰辛、风尘仆仆。那时的新疆铁路建设正在如火如荼地展开,父辈们铁血丹心,作为新疆铁路第一批建设者,投身百里风沙中,于苍凉戈壁沙漠谋一条铁线。爸爸的行囊很简单,但比别人多一样沉重的东西:书籍。

多少年之后,小女孩的我在家中一个橱柜深处,翻出几本纸页泛黄的老书,其中一本,灰色封面,中间一团黄,好像黄沙,简单用温柔的楷体写着书名,叫"六十年的变迁"。那本书老旧的样子散发出一种神秘的气息,一下子将我摄住。我愣在那里,仔细摩挲着书页。父亲在我身后看到,接过去,抚抚平,说,"这书是我从南京带来乌鲁木齐的哦"。我抬头看着父亲,他在我心中忽然蒙上一层别样的气质。现在想来,我心目中的"文艺青年"的首次成像,是来自理工科出身、热爱文学的父亲。

我想，我爱看书，爱文学，是受到父亲基因的影响。而阅读，给我打开了完全不同的世界。

我出生在新疆，是大西北的孩子。在我清贫的家里，无论多么挤逼，我都有一张小小的书桌。我习惯在那张书桌前做作业、写日记、看课外书。那时候书不多，但父母一直给订阅《儿童文学》《少年文艺》。这两本月刊，伴随我度过好多美妙的时光。

第一次坐火车陪伴父亲回南京，是去扫墓。我大约12岁，坐了著名的52次绿皮火车。当时这趟车可是一票难求，是很多新疆人的出行必选。人们从南疆、北疆先坐了几天几夜的长途巴士到达乌鲁木齐，然后才换乘这列火车出疆。52次始发站乌鲁木齐，终点站上海，全程4077公里。那时，需要76个小时，也就是三夜四天。穿越沙漠戈壁，沿途经过甘肃、陕西、河南、安徽、江苏等省市，是一场漫长的旅途。回程则反向而行，再走一遍来时路。相比硬座车厢，买到卧铺席的就要舒适从容多了，人们上车，将大包小包行李塞满车厢的各个角落，然后，换上睡衣拖鞋，拿出洗漱用品，把茶杯摆在卧铺中间的小茶几上，将小小车厢当作小家一样，同车的旅客就是一路上的家人，列车员就是临时管家，负责照顾大家。

那年回程的时候，爸爸和我有一张下铺一张上铺。在南京的书店，我收获了一本外国小说，名字已经忘记了，讲的是与我差不多大的伦敦女子学校里发生的故事。一路阅读，时间也不觉得那么难熬，在火车上专注地看完了。那个故事到现在还记得，讲两个热爱文学的少女之间的竞争与和解、嫉妒与友谊。其中一段，班里诗歌大赛，一等奖作品居然出现两位作者，其中一位抄袭了另一位的。老师无法判断谁是真正的原创，于是老师让她俩分别背诵自己的作品。抄袭者背得滚瓜烂熟，而原创者在背诵了第一句之后，稍停一下，背诵的下面的诗句全部不是她所写的，老师也跟她一起背诵起来——原来，第一句是她引用的一位著名的诗人的句子，她把诗人的原作背出来，老师就知道，她是真正的作者了。抄袭者根本没有看过原作，当即穿帮，羞愧不已。这本书是深绿色的书皮，中间画着线描的一个庄园建筑代表学校，一群女孩在庄园的草地上捧着书阅读。画面静美，而故事发人深思。阅读是多么美好而重要的一件事啊。如果没有广泛的阅读，那个写诗的女孩写不出美妙的诗。如果不是她深爱阅读，也不会将喜爱的诗歌潜移默化到自己的作品里。

我趴在我的上铺断断续续地看。一会儿，听见父亲问我喝水吗？一会儿我睡着了，书就扣在我的胳膊上。吃饭的时候我从上铺下来，问问老爸车到哪里啦？夜里熄灯后我握着我的书，听到广播员说，今夜穿越乌鞘岭，让旅客们注意保暖。我知道，进入我们西北走廊了。距离妈妈又近了。

我感受夜幕下的火车氛围，车轮滚滚，发出有节奏的声音，听着听着，会有点紧张，生怕这个节奏会被打乱，逼着自己转移关注点。撩开一角绿色丝绒窗帘往外看去，黑漆漆的一片，能感觉到山洞一个接着一个，而黝黑的大山卧在不远处，连绵不绝。可以感觉到车在攀山越岭，气温是真的低下来了。书中那个抄袭的女孩也做了充分的备战准备，她一字不落地背诵了获奖的文章。那女主角要如何拿回属于自己的文字，捍卫自己的荣誉呢？我满脑子跃跃欲试的反戈方案……早晨起来，看到一望无际的戈壁滩，远处天际是粉色与蓝白色晕染。初生朝阳与橘红夕阳看上四次，我就到家啦。我继续再翻开我的书，这本书300多页，内容也有点悬疑。如何甄别真正的原创？这里面的女孩斗智斗勇……同行的旅客客气地跟爸爸说："你女儿爱看书啊！好习惯。"我爸爸呵呵笑笑，拿出一个娇黄色的苹果，问我："吃不吃？香蕉苹果，你喜欢的。"我沉浸在书中，恍惚地对爸爸笑一笑。

读到最后,老师和女学生一起朗读诗歌。我将书静静合拢。书有点像扇子似的,微微往两边裂开。我的目光游弋着从车厢的顶层慢慢下移到下铺,几位旅客正坐在下铺聊着天。经过几天的熟悉,互相已知道了底细,俨然成了熟人。随着越来越接近乌鲁木齐,大家也放松而兴奋。一边喝着茶,一边说着各自的工作与生活。那声音好像从很远的地方传来,而我世界里的英伦女校文学争斗大白天下啦。我的眼睛和脸都有点肿,从卧铺伸出头看向车厢走廊两边,有个男子拿着个相机坐在边桌椅子上,对准外面的戈壁拍照。一个小姑娘坐在下铺边缘一下一下梳着长发,侧脸很像维吾尔族。大部分人在午睡吧,车厢突兀而短暂地安静。我很好奇大家都有怎样的经历,都要回到什么样的地方,或者去到哪里,有着怎样的缘起呢……阅读让我穿越时空,对人性的丰富复杂产生好奇,对"外面的世界"充满热望和憧憬。书籍,真是一个神奇的空间,充满奇幻色彩啊。

火车轰隆隆将我从翠绿的江南带回黄沙塞北,书籍陪伴我度过难忘的旅程。书包里还有婶婶送我的礼物:一套完整版上中下三本的人民文学出版社的《红楼梦》。当年5元钱。我压一压鼓鼓的书包,车窗外远方戈壁"大漠孤烟直"的黄昏美景正在展开,一轮鸭蛋红的落日正缓缓西沉天边,残阳如血,仍旧是热烈的、熊熊燃烧的余韵。我的心怦怦跳荡,预感到未来,火车将带我去向无穷尽的远方,而我,只要带上心爱的书,就可以豪气走天涯。

我自己的第一次真正意义上的独立远行,大约15岁,寒假。班里有几位爱阅读的同好,我们经常互相交换自己的书来看,也会相约放学去市场的小书摊前翻翻新书。我的零花钱大部分都贡献给这些小书摊了。放寒假的前一天,大家收拾书包准备告别,同学沈方说,"你们听说了吗,西北路上新建成了一个新疆最大的新华书店,这两天就开业了。我们要不要去一下啊?"我跟梅子立即响应,然后又有点踯躅。西北路,离我们铁路局区域,有好几站车程。年少的我们,从未单独离开家那么远。而且,我还严重晕车。那著名的"八楼的二路汽车"是我们去西北路必坐的公交,非常拥挤,汽油味浓得令人呕吐……我畏难起来,但想去真正意义上的大书店的愿望浓烈难灭,沈方和梅子说,"没关系,我们步行去"。

于是,早早约好时间。在一个大雪初霁的早晨,天刚蒙蒙亮,我们等父母都上班去之后,穿上厚棉袄,裹好大围巾与棉手套,将自己包得似肉粽一般,严肃地出门了。

西北冬天的早晨,天亮得迟。我们九点出发,天刚蒙蒙亮。三个人顶着寒冷刺骨的北风,热情豪迈地挥动双臂向前进。昨夜的大雪将世界打扮得洁净美丽,早晨上班的人们已经将马路上各自的包干区都清理了,路面平整,大道两边是整齐高大的白杨树,帮我们抵挡呼啸北风,杨树树干上那一只一只的"眼睛"都是对我们小探险的鼓励与赞扬。就这样踩着硬邦邦的积雪,我们三个一路不停,在上午11点钟,抵达了西北路新华书店。我们一头冲进书店大楼,顾不上一身寒气,直接冲向书架。

西北路新华书店是当年全疆最大的新华书店,上下四层楼,新店开业,各种书籍分门别类,一股干爽的纸香,我们四下里散开,立即埋头开始看书。我一个书架一个书架地看过去,生怕漏掉哪一个。然后一层楼一层楼地爬上去,生怕错过了哪一层。那时的我就在想,以后要去全国各地的大书店,博览群书,想看就能看到,想买就能买下。

逛完书店,已经下午,顾不上饿不饿,我们忙忙往回赶,要赶在父母下班回来前到家,让他们不知道我们的这场小旅行。我的书包里装着三本书,记得其中一本是《格林童话》。15岁才开始看童话,我有点不好意思。长大后我才知道,童话书也是可以看一辈子的。

那次的小旅行好像一次精神到身体的小出轨,为了看书,也为了看看更大的世界。

事实上,在充满历练的人生之旅中,阅读,一直是我聊以自慰的充电宝,陪我走过许多不那么容易的时光,给我勇气与力量。阅读让我实践"读万卷书,行万里路"这个箴言,有了"走出去,看世界"的理想。也让我在沾沾自喜的时候,点醒我的局限,打开我的心灵视野,指引我朝着那些更加优美、更加开阔的地方奔去。

作者简介

周水欣

江苏省作协会员,铁路作协会员,中国报告文学学会会员,中国散文学会会员,江苏省散文学会会员,鲁迅文学院青年作家高级研讨班33届学员。文章散见于《三联文化周刊》《新民周刊》《中国青年报》《女友》《爱人》《雨花》《散文家》《中国青年》《青年文摘》《新华日报》《扬子晚报》等。

我的读书怪癖

郑春霞

张岱曾经说过:人无癖不可与交,以其无深情也;人无疵不可与交,以其无真气也。看到这句我就放心了,我有癖,我有疵啊!我是多么深情又真诚的人!

我爱看书。出于真心喜欢,同时也没有办法,必须看。哪有老师兼写作者不看书的道理。备课的时候要看参考书,查阅相关资料。写作的时候也要多看看古人怎么写,名家怎么写,同行怎么写。

前段时间整理书架,手指拂过,一本《红楼梦诗词曲赋全解》泛着黄晕从架上跌落下来。我赶紧半空接住,它乖巧地掉进了我的怀里。我看了看它栖身的地方,一排研究《红楼梦》的书。《论〈红楼梦〉佚稿》《蔡义江论〈红楼梦〉》《〈红楼梦〉新证》《曹雪芹传》《〈红楼梦〉与〈中华文化〉》……

那是我大学时候的藏书。我迷《红楼梦》开始于初中。那时候我整天整夜看《红楼梦》,夜里看到十二点,白天上课也看。上数学课也看。

数学老师大声地讲解着几何、代数，我却什么都听不到。我仿佛并不在现场，而置身于另一个场景之中。黛玉葬花、宝钗扑蝶、湘云醉卧、龄官划蔷……我在另外的现场里。

数学老师从我的抽屉里抽出了我的书，我竟然毫不觉察。我空着的两只手，依然安放在抽屉里。我迷茫地看着数学老师，没有一丝丝慌张和不好意思。因为我还没有在那些现场里走出来。

令我惊讶的是，数学老师并没有没收我的书，他把书还给我，对我说："《红楼梦》是一本伟大的书，你要好好读，好好研究。"我拿过书又翻了起来。数学老师继续讲他的几何、代数。

因为《红楼梦》，我决定将来读中文系。等我读了中文系，我就把红学大师研究《红楼梦》的书都买来收藏。

现在，离我读大学那会儿已经过去将近二十年了。我重新翻开《红楼梦诗词曲赋全解》，也翻开了满满的青春记忆。且慢！我看到了啥？！泛黄的书页上有一摊摊黑黑的印迹。那印迹有些斑驳了，实在看不出是什么东西。墨汁吗？应该不是，墨汁比这个还要黑。我扑进去嗅了嗅，当然什么味道都没有，只有书页本身的气味。但我马上就知道答案了，哈哈哈。

是酱油！为什么书上会有酱油？这就要说到我读书的第一个怪癖了——边吃东西边看书。这东西有时候是瓜子、花生、小核桃，有时候是甘蔗、桃子、梨，有时候是鸡爪、鸭脖子、牛肉干。而掉在这本书上的是大学时候我和寝室室友们都特别爱吃的一种卤味——"乡巴佬"。"乡巴佬"有鸡腿、鸡翅、卤蛋，我们最爱吃的就是鸡翅。这是一个完完整整的大鸡翅，价格不菲。大学时，我们爱吃，但舍不得买。几乎每次都是拼着买一个，两个人分着吃。分到的半个，泡在方便面里，真是太高级了哇！有了鸡翅的加持，这方便面简直是开了光，镶了钻。不，钻石再闪亮哪有鸡翅好吃。方便面泡好了,满室飘香。

这时候,我会一边吃面,一边拿本书来看看。两个喜欢的事情一起做,幸福会翻倍哦。我当然小心翼翼地不让面汤洒在书页上。经过多次边吃边看历练出来的人,这一点技术含量还是有的。把面吃完之后,开始啃鸡翅。一手举鸡翅,一手翻书,没有比这样更美的事儿了。鸡翅是越啃越香,书也是越看越有味儿。把肉啃完,咬咬鸡骨头也很香。只听"咔嚓"一声,骨头碎开,一股浓浓的以酱油为主的五香汤料直冲而来。本来这些汤料是冻住的。现在放在滚烫的泡面泡过以后,全部化开了,成了温热的液体。好家伙,我赶紧用嘴巴吸,但来不及,滴滴答答滴了好几滴在书页上了。这真真是罪过啊,罪过也么哥!我怎么可以,怎么可以这么玷污经典名著?但是内心却又是欢喜的。嘿嘿。

我还有一个读书怪癖就是不管看什么书都要在书上乱涂乱画。有时候是几句点评或者一点感想,有时候是跟书里的内容没有一点关系的那时那刻的心情日记,有时候就是留下些莫名其妙、乱七八糟的图案或符号。多年以后翻开来看,非常有意思。我是这么想的,我自己的书看过之后,当然要留下痕迹,留个记号。如果看了之后还是洁洁白白,没有折痕,没有圈圈点点,那不是白看了吗?这本书跟你有什么关系呢?

由于这个怪癖,我一般不借书看,而是买书看。从图书馆借来的书,或者从朋友那儿借来的书,都是要还回去的。既然要还回去,当然是完璧归赵才行。怎么可以在上面搞小动作呢?

自从自己也写书之后,我就非常喜欢看自己的书。这也可以算我的一个怪癖了。说来也奇怪,每个作者在自己的书出版之前肯定都看过N遍了,早就审美疲劳了。等出版了之后,最多再翻个一两遍也就够了。但我不,我会一遍一遍地看,一字一字地看,一本一本地看。过了段时间,又回头看看。看着自己的文字,心中涌起难以抑制的喜欢。我知道这些书是我写的,但仿佛是另一个我看着写书时候的那个我。你看她这用词,这意境,这起承转合……我被她吸引,为她迷醉。总之,自恋极了。就像看着自己亲生的孩子,这眉眼,这嘴角,哪儿哪儿都可人意。心想,我怎么这么厉害,能生出这么完美的作品。这使我想起一首老歌:"读你千遍也不厌倦,读你的感觉像三月……"嗯,就是这样的。

看着看着,终于把自己看清醒了。哎,这用词太幼稚,那时候怎么会这么写。关键是太肤浅,没有什么思想深度。我很难过,可以说是沮丧。为什么别人写得这么好,我就写不好呢?我要怎样才能写到令自己满意呢?哎!我的内心像被浪头打击过的沙滩,空荡荡的。

直到新书出来,我又开始一遍一遍地看。心中又涌起难以抑制的喜欢……看着看着,又把自己看清醒了。心里暗暗想着,接下去一定要好好写。

因为这个怪癖,我只能一直写下去啰。

作者简介

———

郑春霞

教育学博士,鲁迅文学院中青年作家高级研讨班学员,从事散文、小说、儿童文学创作。著有《中国妈妈的亲子课》《中国妈妈的唐诗课》《中国妈妈的国学课》《中国妈妈的文学课》《卡通老妈》《爱上学的小快快》《你几岁,我就几岁》等。

"抄稿"：提升我写作的捷径

钱莊

写下这个标题，好像在故弄玄虚？其实我是大实话。个中奥秘，可要慢慢道来哦。

我文学写作的老师，现实中的第一位、也是唯一一位叫高晓声。不知如今的文青们是否还知道这个名字，也不知现在的中学课本里是否还收有他的名篇《李顺大造屋》和《陈奂生上城》，反正 20 世纪八九十年代的文坛上，他的名声如日中天，甚至评论界已把他笔下的人物，与鲁迅创造的阿 Q 相提并论。的确，高老师"苦涩现实主义"的独特风格，尤其是他既有传统白话小说神韵、又具民间幽默妙趣的语言，不仅征服了各个层面的千万读者，而且留下了中国新时代文学史的一笔。

但我的高老师当时的生活压力还是很大的，刚从农村上来，孩子都在读书，一家六口全要靠他"爬格子"养活，况且出版业尚未市场化，稿费极低，他就被迫想了个"一稿多投"的招数。因为那几年他的稿子在风头上，约稿原本也应付不及，可杂志社认原稿，复印件不会登。于是，高老师又想了个办法，让我替他手抄，有的还一稿抄几份。

那时，高老师和我家都还在江苏常州，我基本上每周会去他家请教些问题。就写作的技巧之类，高老师一概不具体指点，只是在艺术观点和他人的作品上，谈笑风生地发表他尖刻而又深邃的议论。年轻的我成名欲强，内心非常功利地希望得到秘笈，幸遇恩师却也难免有些失望。直到后来我才明白，真正让自己的文学创作得以提升的不是技巧，而是深入的感悟，对生活的感悟，对优秀作品的感悟，对老师文字的感悟——而这个体验感悟的机会忽然降临，为高老师抄稿便成了我的"捷径"。

其实开始我对抄稿并不太乐意，因为这要占去许多时间，可又不便推脱，硬着头皮接了活。由此，高老师每完成一篇新稿，我就替他抄一遍，或者几遍，每篇几乎都在万字以上。总共抄过多少篇，我已记不得了。字不能草，一个个填进浅灰的方格稿纸里，工作量确实挺大的，私底下也有些抱怨……但抄着抄着，渐渐地我内心竟又滋生出一种获得感，甚而是一种愉悦感。因为就在一个字一个字抄写的过程中，我对老师的语言有了前所未有的全新感悟，我正是特别崇拜他的文学语言而决意拜师的，老师的小说、散文我起码都要阅读两遍，有些还读过十遍以上，但怎么就只停留在泛泛的喜欢上呢？眼睛读书终觉浅，方知抄书悟真经。是啊，佛教信徒为什么除了念经，更要抄经？一笔笔的体会方能获得前所未有的开悟。我也正是由此重新体味到了老师文字语言内在的深处的韵味，再回头审视自己的习作，仿佛在一堆稿纸间如获新生。

现在回想这些，乃至后来自己写作小有进步，也发表了近百万字的作品，我始终执着地认为：这无疑得益于高老师逼我走上的这条捷径。有时我甚至想，老师要我替他抄稿，或许并非为找个抄手，而正出于催我在文学之路上快速成长的一片苦心呢？这在老师为我出版的《烟水集》所做的序中可以印证，他在对我的些许激励之余，即笔锋一转，表达了自我的语言观、文学观，这段极具价值的给年轻写作者的告诫与期望，读到的人可能不多，在此权作福利与同学们分享——

"文学的语言不是普通的语言，和国家规定的普通话更是两回事。从文学的角度来看，愈是普通的语言便愈平淡愈苍白，愈需要充实它、丰富它。那就只有不断从群众语言中，地方语言中，古代汉语以及外来语言中去觅取营养。一个作家坚持这样去做，经过若干时候，积累了资料，取得了经验，就能逐步使这些养分同自己原来的语言融合成整体，成为自己独特的语言风格。这才是文学所要求的。"

如果说，要形成自己的文学语言也有捷径，那这段话就是对"捷径"最好的诠释。

作者简介

钱莊

本名钱旭东，曾用笔名石花雨，文学及影视创作百万余字，获各类文艺奖数十项，出版个人结集《想入非非》《心城》《烟水集》等。

阅读带你自由穿梭不同的人生

邵飞春

阅读是一件很有意思的事情,它不但丰富了我们的知识,拓宽了我们的视野,同时也给了我们机会去探索各种精彩的人生。有人说阅读之于精神犹如运动之于身体,运动让我们有更好的身体状态去体验宇宙万物的美,阅读让我们有更丰富的精神境界去思考宇宙万物的意义。

阅读之于我,大体经历了三个阶段。最早,阅读就是为了学更多的知识,或是为了考学,或是为了工作,或是为了见识更广等等,反正都带有很强的功利性。这个阶段阅读是一种任务,要靠目标动力或个人自律去驱动。

第二阶段,开始有机会接触到教科书以外的许多好书,开始慢慢体会到阅读的妙处,也许无用,却很有趣。比如以前看好莱坞的科幻大片,一直无感,以为是自己想象力太匮乏,直到有一天读到刘慈欣的《三体》,马上就被大刘那在宇宙维度上丰富的想象力和对人性深邃的洞察力所深深吸引。记得那几天几乎是茶不思饭不想,一口气读完了从《三体》《黑暗森林》到《死神永生》的三部曲。然后着迷似地买来了大刘所有的中短篇小说读了个遍。之后有很长一段时间自己都沉浸在这种广阔的时间和空间维度的想象里。每次当自己为地上那几个琐碎的便士而烦恼时，就会拿出大刘的书来读一读，提醒自己该抬头看看天上明亮的月亮。那种畅快阅读带来的愉悦感是无法用语言来表达的。

再后来，随着年龄和阅历的增长，开始体会到，生活本身就是一本读不尽的书。真实生活的丰富度远远大于任何一部虚构的文学作品。于是，这个阶段，我开始将阅读的对象从作品延伸到作者本人。一次偶然的机会读到木心先生的诗《从前慢》，马上就被这优美的文字所打动，就在想什么样的人会写出这样优美又有腔调的诗呢？于是买来了先生的各种作品细细研读，然后又看了陈丹青老师整理的先生的《文学回忆录》。再然后循着书中的轨迹，去了乌镇的木心美术馆，去了东栅的木心故居纪念馆，去了上海当代艺术馆的木心米修展，去了莫干山探寻先生青年时隐居莫干山读书的老房子。一个命运多舛，略带忧郁，才华横溢的精神贵族波澜壮阔的一生在我面前徐徐展开，那么真实……

阅读其实是件很个人的事情，每个人都会有不同的喜好和方式，同一个人不同的人生阶段也会有不同的阅读体验。所以我想最重要的是个人真实的体验，是通过阅读体验到的那种自由穿梭于不同的时空的快乐！

作者简介

邵飞春

森马服饰董事副总裁，香港大学管理博士在读。

心中永远有一座图书馆

葛星

猛然一算,从小学三年级到现在,我已经离开生我养我的小山村三十多年了。

无"书"可读的书"读"了三年

现在想起来挺好笑的一件事:直到进城读高中的时候,我才知道,原来上小学之前,城里的孩子还可以读幼儿园。我问我同学,幼儿园是啥样的?同学告诉我说,幼儿园有很多玩具和图画书可以看。我惊得目瞪口呆,原来外面的世界这么精彩,完全不是我认为的那样:泥巴是全部的玩具,上学就是去教室里听老师在黑板上教我们识字和算数。

每次去学校上学或者逢年过节的时候,爸妈总会对我说,在学校要好好读书。我总纳闷:不是应该说好好上学么?书都没有,怎么会是好好读书呢？时过境迁，回想起这些现在看起来不可思议的事情，我居然是亲身经历，其中的滋味真是百感交集。

后来，爸妈为了让我接受更好的教育，帮我从村办的小学转到了镇上的中心小学。在镇上的唯一一家商店，花了5元巨款，我买了人生中的第一本课外书《一千零一夜》，从此便与书结下不解之缘。每天睡觉一定要把书放在床头，才能睡得踏实。这本书，也陪着我从小山村到小镇，进县城读高中，到长沙读大学，到广州读研究生。也许，就是这本书，让我用芝麻开门，找到了可以挖掘一辈子的阿里巴巴的宝藏。

趴在窗台上"看书"看了五年

第一次从小山村走出来，到小镇上求学。到这里，有所改变的是，上学读书真的是有"书"可以读的，而不是只有老师在黑板的"板书"。后来听同学说，乡政府那边有一个图书馆，里面有很多书。

从那之后，我放学后，就经常去那个"很大"和"很多书"的图书馆门口转悠。但每次看到图书馆的管理员大爷，都绕路走，有时候还脚底抹油一般跑开，等大爷下班了，又悄悄地跑去图书馆那，踮起脚，趴在窗台上，偷偷看静静站在那里的书，就像一个对爱情懵懂的少年，每天惦记一个从来没有说过话的小女孩一样。

那时候，小镇上的图书馆，都是对特定人群开放的。进去看书需要有镇里的"大官"批条子才行。说来遗憾，直到初中毕业，也没有结识一个"大官"，就这么偷偷在窗台"偷看"了那些书五六年。书中自有颜如玉难道就这个意思么？哈哈。

每月一次《故事会》,"挑灯夜读"了三年

后来到了县城读高中,天天早五晚十地"苦读书",应付各科考试,就慢慢忘记了图书馆里那"日思夜想"的书,偶尔能够偷偷看的就是《故事会》。一本《故事会》,在同学们之间来回地借来借去,每人只有一天时间停留。那时候,拿到《故事会》的时候,比见到亲爹亲妈还激动和兴奋,晚上一定会通宵躲被子里看完的。那种对书的渴望,现在想起来,回味无穷。

在"暗无天日"的应试教育的高中时代,除了考试必备书外,聊胜于无的几本课外书,如同黑暗中的启明星,不断地告诉我:外面的世界很精彩,一定要通过自己的努力,走出去。

在图书馆"埋头甜读万卷书"的四年

时间来到了 1998 年,我如愿以偿地来到了大学。大学录取通知书封面上,是学校刚建成的图书馆。红色的大学录取通知书上,一幢高大的白色建筑巍然耸立,下面一行小字:"中南工业大学图书馆"。从此,这个图书馆,成了上课、吃饭和睡觉的"居留所",早上七点半就在图书馆门口等着八点开门,直到晚上十点被图书管理员强行"赶出来"。那四年,沉浸在书的海洋里,如痴如醉,觉得这才是最幸福的日子。在图书馆里,写作业、攻专业、做论文;看天文地理、研究探矿、冶炼冶金、工商管理、信息技术、市场营销、英语日语……如果能再回到那四年,该有多好呀!

在"万里路"上著读"新书"

大学毕业后,从长沙到广州,从参加金属材料加工自学考试到攻读计算机专业研究生。来到改革开放的前沿阵地,在百年华侨名校——暨南大学度过了三年。在这三年里,如饥似渴地读书和搞研究。研究生毕业的时候,在国内外学术杂志上发表了二十多篇研究论文,合作出版的两本专业教科书至今仍是学校本科生的教材。毕业后又整理材料,在清华大学出版社出版了两本专著。

往外走一步路就往回寄一批书

如今,不论是在哪个城市工作,都一定会给自己留一个书房,把自己喜欢的书都带在身边,唯有这样,才觉得内心是安静、丰富和踏实的。每次换城市搬家的时候,那些曾经买过读过的书,也都寄回小山村的老家,慢慢积累,也小有规模。待时机成熟,就在小山村的房子里,建立一座属于小山村的小小图书馆。

每次回小山村,父亲依然教育我说,努力读书的目的,不是为了逃离偏远的小山村,而是为了能让小山村的下一代,读书的时候真的有"书"可以读!

图书馆就是彩虹桥

一座图书馆,就是一座连接小山村和大世界的彩虹桥,我们一定可以建起越来越多的彩虹桥,建好越来越多的彩虹图书馆,大家一起来!

作者简介

———————

葛星

浙江木木屋集团副总裁,杭州木木屋供应链公司合伙人、总经理。十年大型品牌电商从业经历,熟悉传统电商和新社交电商平台的运营规律;六年企业管理和供应链管理咨询培训经历;于清华大学出版社出版《流程管理理论设计工具实践》《快胜:ZARA极速盈利模式》等专著;上海交通大学海外学院特劳特定位培训中心兼职讲师、暨南大学管理学院MBA校外导师、AMT管理咨询公司服装行业专家顾问;电商营销界的奥斯卡奖——阿里巴巴金麦奖第五届、第六届评委会委员。

我爱这有笑有泪的生活

麦田、父亲和终身学习

王詠

2019年6月的一天,我从法国蒙彼利埃大学古堡校区的酒店醒来,阳光顺着拱形的窗户照进来一条缝。那天正好是我人生第41个年头的第一个早晨,又是休息日没有课,我赖在床上,望向窗外无边的麦田和零星的柏树,在异国他乡忽然想起了已故的父亲,那个弯着腰在麦田里劳作的温暖的身影,他的身后也是一望无际的麦田以及那个蹒跚而又年幼的我。

记忆就像幻灯机,不停地在脑海里翻腾,最后穿过南法的麦田和高山回到了内蒙古乌兰察布商都县那个偏远闭塞的小山村。周围丘陵环绕,至今没有通电,当然也没有像样的公路。这里原本是荒无人烟的塞外草场,祖上从山西"走西口"来到这里开荒,一代一代就留在这里繁衍生息。村子分东西村,如今只剩下几户老人在这里执着地守望。我想,等他们离开这个世界后,这里便会再一次完全归给草原。大自然和人总是如此唇齿相生,人进一步它就退一步,人若退去它就会重新回来!

这些年,每次回去给家里已故的老人扫墓,我都会在东村的一堆荒土上孤坐很久，那堆荒土下埋藏的是我人生的起点——我生命和学习的起点，一边是我儿时的家，另一边是我启蒙的学校。

记得五岁那年，我还未到就读年龄，因为学校就在隔壁，每日看着教室里花花绿绿的书本，听着琅琅读书声，我难耐好奇心非要去上学，家里不同意就在地上打滚，日复一日地闹腾。父亲拗不过我，就找学校唯一的老师也是校长托了个人情，我就成了学校最小的插班生。

那是一个比现在任何影像里看到的贫困学校还要破旧简陋的学校，一至五年级在一个教室里混读，所以，我和大我四岁的姐姐也成了同班同学。教室的窗户上没有玻璃，春秋天还好，天冷的时候冻得坐不住人。村里每年会在冬季集资买几块塑料布蒙在窗上，但到了-30℃的极寒天气，塑料布也挡不住凛冽的寒风，就只能停课。

我这个插班生竟然跟着读到了二年级，并且成绩突出，老师经常在父亲面前表扬我，说我是个好苗子，可惜学习条件太恶劣，怕会耽误前程。可能是老师的这些表扬，给了父亲更大的触动和期望，在我八岁的时候，父亲为了彻底改变我和姐姐的学习环境，做了一个重大的决定。他骑着自行车翻越一百多公里山路，一前一后把我和姐姐带到苏尼特草原的赛汗塔拉镇，托了很多关系把我们安顿在镇上的小学入学。我和姐姐先是寄宿在一个亲戚家里，半年后父亲赶着马车带着我母亲把家也搬到了这个小镇。因为离开村失去了耕种的土地，为了生计，父亲和母亲就分别在草原深处的两个牧区常驻务工，贴补家用、供我们上学，一年偶尔匆匆见一两次面，我自然也就成了名副其实的留守儿童，直到我高中和大学离家远读。

我和父亲一直以来聚少离多，也很少交流，所以我对我父亲最深刻的印象依然是幼年时跟在他身后看到的麦田里那个宽厚的背影。成年后在和父亲的一次闲聊中，他轻描淡写地告诉我，他当年从村里搬走的时候爷爷拿着铁锹站在村口，威胁他如果要搬出村就和他拼命。但我父亲坚定地告诉爷爷：就是打死他，也要给自己的儿女创造一个用学习改变人生的机会。我听到这些的时候，背过脸泪如泉涌。

很难想象，若没有我父亲那一次坚定的决心，我将会迎来一个什么样的人生。

也许正是幼年的这些经历让我在面对命运的不确定性时极度缺乏安全感，这种不安全感成为推动我终身学习的重要动力。我人生中最珍惜的一件事就是学习，学习也成为我个人最重要的习惯。我从大学毕业到今天一直保持着每年 70 本书左右的阅读量，并且持续地创作出书、为互联网知识平台撰写专栏，以及持续不断地学习新领域来完成事业的一次次转身——在差不多 20 年的职业历程中，我从电信行业转型到时尚行业，再从时尚行业转到 IT 大数据行业，而我的下一个人生目标是成为一名职业画家。

罗斯福在 23 岁时出版了他人生的第一本书《1812 年海战》(*The Naval War of 1812*)，从此就笔耕不辍，一生出了很多书，内容也非常广泛，有谈话录、政治、人物传记等。另外，莫里斯曾经说罗斯福阅读量惊人，有段时间每天差不多都读一本书。正是阅读和写作上付出巨大的努力，让他在诸多领域驾轻就熟，铸就了他的超凡魅力，成为美国历史上最伟大的总统之一。

这样的例子还能举出许多，比如：亚里士多德是种种学问的"祖宗"；康德在大学里几乎能担任一切功课的教授；歌德是大文豪，而于科学上也很有建树；亚当·斯密是英国经济学的始祖，而他在大学是教授文学的；即使近如罗素，他对于数学、哲学、政治学样样都能登峰造极……

我想他们都应该算是终身学习者，对于这样的人来说，持续不断、锲而不舍的终身学习不仅仅是通往事业成功的捷径，更是一种令自己愉悦的生活习惯。

当然，我认为终身学习对现今社会所有的人都具有迫切的意义。英国《卫报》曾经有过这样一篇报道：因为技术发展迅猛，到大学生取得本科学位时，他们在大一所学的内容有近50%将会被淘汰。这意味着五年之内，我们面临的工作内容会发生天翻地覆的变化，也许五年前学了热门专业，五年后依旧会面临被迫转行。除此之外，社会发展催生更多新型业务，在这些新的业务岗位上，人们也将会普遍面临一种情况：只有10%的旧知识用得上，90%的知识需要重新学习。可见持续学习对于当下这个时代的每一个人多么重要。

我曾经看过一组数据，人们真正从事的职业与自己大学所学的专业相符的比例连30%都不到，而且这个比例还在日益下降。因此，无论是从专业与职业严重不对口的事实情况还是技术发展导致职业大量转型来看，一个人一旦从学校走入社会，立刻便会面临"如何通过不断的自我学习保持个人竞争力"的问题，自学能力也成为每一个人学习任何一门课程之前都应该先行具备的底层能力。

而无数的事实却告诉我们，在踏入社会那一刻，大多数人并未从之前十几年的学校教育中真正学会如何学习，因为自主学习和学校教育的学习模式、遇到的问题、学习的步骤、对学习效果和学习方法的要求均截然不同。

比如，在学生时代，学习方向和学习资料均由学校和老师指定，毕业以后，则需要我们自主选择，很多人在面对海量信息的时候陷入知识焦虑，不知道学什么内容、看什么书、用什么资料、听什么课。在这些问题上，大多数人普遍缺乏自主选择的能力。

还有，我们在学生时代所习惯使用的那些比较低效的学习方法（从头到尾逐字逐句阅读、依靠反复背诵强化记忆等），并不适合时间严重碎片化、生活节奏快、学习应用目的性强的现代社会，但具体应该怎么高效学习，却很少有人接受系统的训练。

身为学生只需理解或记住教材中写明的显性知识即可，但在实际工作和生活中，却必须要通过实践掌握大量未被写明、却又对真正做好一个工作、解决一个问题有重要影响的隐性知识。可以说，传统学校教育使我们习惯的学习理念和学习方式，在我们进入社会后，几乎全部需要改变。在工作任务的完成或者问题解决的过程中，没有老师提供引导、监督和反馈，成年人需要掌握一套更加高效的自学方法，去建立自己的底层学习体系，以便在任何一个聚焦的领域，都能够快速成为专家。

于是，我开始关注"自主学习能力"的重要性，并且开始花费大量时间研究这个问题。我阅读了认知科学、脑科学、心理学、教育学、社会学等多个领域的大量书籍和理论，也接受了许多身边朋友的咨询，基于自己过往持续学习中积累的一些经验，经过长时间的记录和总结，在2020年出版了一本书《五维学习力》，希望更多的人和我一起成为一个终身学习者，践行终身学习的重要意义。它不仅可以惠及那些不知怎么学习才更加有效的成年人，也能帮助那些对于学习的作用、学习真正的目的尚懵懂无知的青少年，使他们认识到"自主学习"能够产生的巨大魔力。

当然，我最希望让那些像我幼年时一样尚处于艰难贫困的学习环境中的孩子们认识到终身学习的意义，希望学习能够成为他们穿越贫穷和认知鸿沟的飞行器，跨越山谷去追求理想，成就不一样的人生！

作者简介

王詠

南讯股份合伙人、高级副总裁,畅销书《简洁的力量》《五维学习力》作者,法国蒙彼利埃大学工商管理博士。

活出生命的精彩

李清元

无知的少年

我：爸，我不想读书了！

老爸：不想上学，要当乞丐吗？

回忆往昔，老爸的怒吼声至今仍在耳边回荡。

从小因为父母经商，每天早出晚归，没时间带我，我都是跟着爷爷奶奶生活。没人督促学习，加上玩心大，我几乎完全拒绝学习课本知识。初一，别人上课听讲、记笔记，而我是用书本来画画。初一第二学期，成绩直线下滑，85、73、58、37，我开始厌学了。

于是有了我跟父母关于要不要学习的第一次对话。

我：我不想读书了。

老爸：你想干嘛？

我：我只想学画画，想当画家。

老爸:不行,学必须要上。

我:不要,我只想学画画。

僵持了大半个月的时间,老爸答应在不放弃学业的前提下,可以学画画,并且帮我找了一个国画老师。

2002年4月18日起,我开始跟着老师学习国画,做着感兴趣的事情,每天很认真地学习。可两个月后,新奇劲儿过去了,我开始觉得枯燥、无味,有了放弃的念头。

初二开学之前,我跟老爸说:"初二我要回学校上课,不想画画了。"老爸无奈地说:"你要想好了,在学校要好好学习。"一直到初三,经常旷课,成绩不好,没考上高中。亲戚给老爸推荐了职业学校,老爸听说学习完可以安排工作,就给我报名了。

2004年8月25日,我离开家乡,到广东韶关求学。职高管理比较宽松,又没有父母约束,我跟笼子里刚放出来的小鸟一样,彻底放飞自我。生活费基本都用来买衣服、做发型,旷课逃学成为日常,晚上泡酒吧,白天睡觉,一上课就打瞌睡,每天过得浑浑噩噩。

两年过去了,学业无成的我,再次回到老家。谈心、打骂都没用,老爸实在是没办法,直接给我报名去参军。

军旅生涯

2016年12月3日,入伍的那天,天上下着小雨,爸妈跟我许多朋友们来送别。卡车渐行渐远,老妈依旧在默默地流泪,我暗暗告诉自己,这次一定要好好干。

然而，部队的一切跟想象有那么大差距，各种制度，各种规定，各种纪律，不能想干什么就干什么，一切行动听指挥，每天除了训练还是训练。这不是我想要的！要怎么样才能离开这个地方呢？"逃兵，往山上跑。"离开的念头总在我脑中回响。可每次想起妈妈含着泪送别的画面，想起爸爸鬓边的白发，我告诉自己不能这样，不能再让父母担心难过，不能给家族蒙羞。

直到有一天，我在训练场上，看到总部一个班长，扛着摄像机跟着领导从小车出来，我心想，那个人如果是我，该多风光呀，这不就是我想成为的样子吗？就在这天，我在心里埋下了一颗种子，"我要上总部"。可没有关系、没有学历的"新兵蛋子"，怎么上总部？

目标找到了，我需要做的就是提升自己，等待时机。就在那三个月后，团部组织了一场全团绘画比赛，酷爱画画的我报了名，结果拿了全团二等奖。团部宣传部领导找到我说："我要调你到团部宣传部，做新闻报道，你想去吗？""想、想，当然想，谢谢首长！"当时的我既激动，又焦虑，激动的是终于有机会可以离开基层上团部，焦虑的是对于一个初中都没有毕业的人，怎么才能胜任新闻报道这份工作？

开始时，班长带着我，学摄影、摄像、后期编辑。由于文字功底薄弱，每天中午，别人都在休息的时候，我就在那里抄报纸，一天、二天、三天，整整一年，日复一日，非常努力。可每次把作品发去电视台，就被老师刷掉，一次、两次、三次，连续十六次，一条新闻都没上。我很困惑，到底是哪里出了问题？

2008年5月，我参加了集团军组织的一场"电视新闻与传播"培训，系统地学习了电视新闻专业知识，并带着解决方案回团实战。就在那三个月后，我的第一个录用作品"40分钟千米浮桥横越闽江"在中央7套《军事报道》播出。还记得听到这个消息时,我激动得整个人跳起来,打了很多电话,给爸妈、给亲戚朋友说:"今晚7:20左右,中央7套《军事报道》有播出我拍摄的作品,一定要看哦。"

就这样不断地学习成长,我从一个初中没有毕业的小混混转变为一个央视7套特邀记者,作品陆续在中央电视台、福建省电视台、福州市电视台等媒体,累计播出近30条。2009年因工作突出,荣获全军新闻质量奖二等奖,并荣立三等功,被评为优秀士兵。

茜蔚诞生记

2013年9月15日,带着对服装的热爱,我放弃了记者的职业,开始经营第一家服装店——"NO1女装公馆"。一开始的初衷很简单,就想着买车、买房,过上幸福的生活。两公婆非常拼,一起拿货、一起卖货,生意每天都很火爆,赚到了人生的第一桶金。

在进货的过程中,看到批发店的生意很好,就萌生开一个批发档口的念头。2014年7月,批发档口开起来了。每天很忙碌,早上7:30出门,晚上7:30下班,吃饭完马上又去店里帮忙卖衣服,每周还要去广州打货,感觉连睡觉都是很奢侈的一件事。当时最幸福的事,就是每周坐大巴去广州打货的路上可以睡觉。周五晚上7:30出发,到广州凌晨5点,直接就到市场拿货,周天晚上回来,就这样持续了一年。

问题来了,因为精力跟不上,零售店跟批发店没有办法两边兼顾,批发档口连续三个月亏损,调整期持续了两个半月,最终还是决定关掉批发店,全身心管理零售店。

陆续开了第二家、第三家、第四家连锁店，到了第十一家店铺的时候，发现经营越来越吃力，产品问题、员工关系问题、管理问题等等，慢慢浮出水面，怎么办呢？

我开始找专业做服装培训的机构帮忙，通过朋友推荐，在2016年12月，带着团队、带着困惑来到广州参加专业机构培训，开始慢慢向"正规军"转变，企业经营越来越顺畅。

2017年推出了第二品牌"DAU"，开启全国的扩张之路……

活出生命的精彩

创业以来，一路一帆风顺，少年得志，小有成就，开始放松了自己，公司经营也开始遇到新的问题。团队的伙伴觉得老大没有了当年创业的激情，陆陆续续离职。我开始意识到，这样下去，企业可能很快会面临倒闭。

2019年4月19日，我带着经营的困惑，走进了"打造商界特种部队"的学习现场。"把成长自己当成人生的头等大事""一个连早晨都不能掌控的人，何谈掌控自己的人生""有梦的人生叫起航，无梦的人生叫流浪"，老师的每句话都击中了我的内心。听着老师讲他的梦想，要用毕生的时间"捐建101所希望小学"，我开始沉思，我的梦想是什么呢？

不停地思考，不停地思考，答案找到了。

我要用毕生的时间，帮助1000万女性蜕变，让女性因为穿着DAU的服饰，变得越来越自信；帮助101位优秀的伙伴实现创业的梦想，让努力上进的伙伴因为DAU变优秀，活得更精彩；捐建11所希望小学及101个图书馆，用我的一点微薄之力点亮更多人的前路。

梦想是人生的导航仪,梦想是人生的发动机。因为梦想,每天6:00起床,学习成长自己,通过不断努力,让企业起死回生;因为梦想,开始带身边的伙伴学习成长,成就了50位合伙人;因为梦想,已迈出了捐赠101个图书馆的第一步;因为梦想,公司全员每天朗读20分钟,人生变得更加有光亮。

"三十而立",很庆幸,在三十岁这年,立下了人生的志向——我李清元,看到、听到、感觉到,并且深深地知道,我生命的意义跟价值就是帮助、影响和成就更多人的生命。

作者简介

李清元

茜蔚服饰董事长,行动教育校长EMBA校长,茜蔚企业大学校长。

2013年放弃央视特邀记者的职业,创建设计师女装DAU品牌。

自创立以来,秉承帮助1000万女性蜕变、成就101位合伙人及捐建11所希望小学的使命经营企业。

致力于打造一个学习型的组织,让每一位伙伴能够得到成长、精进、蜕变。

人生格言:把成长自己当成人生的头等大事。

"少年心"稻田写作大赛征稿启事

"彩虹图书馆计划"是由客道杂志社联合当当、蓝狮子、华元宠物、南讯股份等20多家企业共同发起的公益筑梦活动。自成立以来,"彩虹图书馆计划"始终致力于为中西部地区的孩子们提供更多的阅读资源,借阅读之力为其提供改变命运的机会。截至目前,已有8所彩虹图书馆在西藏、宁夏落成。

为了支持、帮助中西部地区的孩子们成长成才,从小培养他们的阅读习惯与写作兴趣,在校内营造出积极向上、和谐健康的良性校园文化氛围,鼓励每一个热爱写作的孩子追逐梦想,发现热爱写作的好苗子,"彩虹图书馆计划"与"稻田读书"特联合发起了第一届"少年心"征文大赛活动,首届大赛以"书写真实的生活"为主题。活动得到了众多孩子的积极参与,自2020年10月28日开始征稿,到12月15日截稿,共收到数百件投稿,主要来自宁夏、西藏、新疆、青海等地区,评委们通过认真细致的审读,结合考量了参赛作品的切题度、故事性与艺术性等要素,精选出10篇获奖作品,并颁发了证书与奖金。

这一本《我爱这有笑有泪的生活》,即是此次大赛的成果,书中收录了获奖作品、入选作品,向东部地区的孩子们也开放了征稿通道;编者还向几位青年实力作家成向阳、简儿、周华诚、陆生作等老师征集了他们书写自己青少年时代生活的作品;同时,又向社会各界人士广泛征集自己的阅读故事,讲述自己与图书的不解之缘,呈现读书带给我们的美好与帮助。

接下来,"彩虹图书馆计划"与"稻田读书"将继续联合发起第二届"少年心"征文大赛活动,希望所有的孩子积极参与。

征文办法

一、征文要求

①内容要求真实,鼓励孩子们书写自己和身边人的生活,用自己的独特视角,表达自己的发现。非虚构写作。

②来稿字数不合规定者,将不列入评选。

③参选作品禁止抄袭,凡有抄袭或侵害他人著作权之作品,取消得奖资格、追回奖金及证书。

二、征选类别及奖励方式

①征文字数要求 1000 字以上,3000 字以内。

②大赛将评选出优秀作品 10 篇,分别给予奖金 1000 元及颁发"彩虹图书馆·稻田少年作家"证书。

③选合适时间邀请获奖者来杭州参加颁奖活动(待定),优秀小作者与知名作家结对,给予持续关注培育。

④优秀征文作品将出版专辑及个人专著。

三、评审方式

①采取初审、复审及决审三阶段进行;每一阶段均聘请知名作家及学者组成评审委员会评审之。

②作品如均未达水准,得由决选评审委员决定从缺,或不足额入选。

四、参选者资格

中西部地区学校的所有中小学生。

五、参加办法及收件方式

【电子版投稿】、【手稿邮寄】两种办法任选,如电子版投稿请务必以 Word 文件为附件形式发送。

手稿邮寄地址:浙江省杭州市江干区东方电子商务园 6 幢 4 楼南讯股份,于女士,17826875430(邮编 310000)。

电子版投稿邮箱:yihong.yu@nascent.cn。

六、收件及截稿日期

即日起开始收件,截至 2021 年 11 月 30 日,务必提交到指定邮箱或邮寄到指定地址,并备注好姓名、电话、学校、班级。逾时恕不受理。

七、得奖名单揭晓及颁奖日期

彩虹图书馆公众号将以文章形式公布得奖名单(除得奖者以专函、专电通知外,余不另行个别通知),颁奖活动时间、地点另行通知。

八、本办法如有未尽事宜,将随时修订补充。

彩虹图书馆计划

"少年心"稻田写作大赛组委会

丁静娟/绘

我的作文:

丁静娟/绘

我的作文:

丁静娟/绘

我的作文:

丁静娟/绘

我的作文:

我的作文：

丁静娟/绘

丁静娟/绘

我的作文:

丁静娟/绘

我的作文：